그린 노마드

· 그린 노마드(Green Nomad)란

　도시든 시골이든 내가 머무는 공간 그 자체에서 정신적인 해방감을 맛보아야 한다는 도시의 유목민을 지칭한다. 이들은 자연을 찾아 떠나는 대신 집 안을 자연풍으로 꾸민다. 도시 안에 자연을 담아내거나 캠핑장 같은 주거 공간들이 바로 그린 노마드의 전형인 셈이다. 이들을 겨냥한 상품으로는 자갈 모양의 쿠션이나 나무 모양을 연상케 하는 냉장고 등을 들 수 있다.

[네이버 지식백과] 그린 노마드 [Green Nomad] (한경 경제용어사전)

그린 노마드

김인자

學而思 학이사

보는 여행에서 생각하는 여행으로

　밤새워 준비한 것을 문밖에 두고 간 신의 선물이 아
침이라 했다. 내겐 매일 다른 곳에서 눈을 뜨는 여행지
의 아침이 그랬다. 대서양의 카사블랑카였는지 제주
조천이었는지 반짝이는 윤슬에 탄성을 지르다 깨어보
니 꿈이다. 길 위에서도 길만 생각하며 걸었다. 내가
자처한 일이다. 노마드의 삶은 고단의 연속이었으나
자유가 있어 사는 맛이 났다. 여행을 멈추고 새롭게 시
작한 산골생활은 자연주의자 아니 초식동물로 살겠다
는 일종의 선전포고였다. 길을 잃지 않을까 노심초사
했던 시간들, 불안했지만 불행으로 이어지진 않았다.
그런 시간이 아니었다면 어떻게 알았을까. 잘못 든 길
이 모두 지옥은 아니라는 것.

　자아, 내가 절실히 욕망하는 건 네게 있고 네게 간절

한 그것은 내게 있다. 나와 내가 서로 기대어 흩어지지 말라는 전언이겠다. 나는 야생성과 깨어있는 육체적 감각을 신봉한다. 아무도 찾을 수 없을 거라 단언하고 외딴섬으로 숨어들었을 때도 너는 나를 찾았다. 내 속엔 네게만 들키고 싶은 욕망이 있었단 의미겠지. 한때는 배신감으로 치를 떨었지만 실은 죽이고 싶을 만큼 사랑했단 고백, 나 평생 지도에 없는 길을 찾아 천길 심해에 서고를 짓고 오로지 나와 내가 재회하는 그날을 위해 차곡차곡 쌓아둔 깊고 은밀한 문장들을 꺼내어 그간의 기도 같은 긴 기다림이 헛되지 않았음을 보여주리라.

아직도 나를 생각하면 가슴이 뛴다는 말, 행여 가을 단풍을 봄꽃으로 착각한 건 아니겠지, 봄에 피는 꽃은 봄에 보는 게 맞아. 봄은 찰나보다 짧지만 가을은 더 짧잖아, 삶이 애달픈 까닭이겠지. 오늘도 죽도록 사랑한 그대와 살을 맞대는 것이 처음인 듯 숲을 걸었다. 가문비나무 숲으로 밤 산책을 나온 달빛. 그렇게 만난 달빛은 창백했고 모두가 집으로 돌아가는 시간이 되어서야 사위는 적멸에 들었다.

내가 쓰는 모든 글은 시詩로 출발하지만 시에 이르지 못한 것은 산문이 되고 산문이 되지 못한 문장들은 텃밭에 거름으로 보탰으니 숱한 밤을 지새운 시간들이야 억울할 것이 없다. 모처럼 사진 없는 여행 산문을 선보인다. 비로소 '보는 여행'에서 '생각하는 여행'으로 안내할 수 있게 되었다.

체 게바라였던가, 가보지 않고 경험하지 못한 것을

상상하는 일이 가능하냐고? 내 답은 불가다. 경험 없이 지식이나 머리로 얻은 것은 진짜가 될 수 없다는 믿음. 나에게 여행은 가짜가 되지 않으려는 몸부림은 아니었을까. 여행자의 시간을 반납하고 숲 가까운 곳에 정주를 결심한 후 단순한 일상을 누리는 현재의 삶을 '그린 노마드'라 정의하고 싶다. 매일 매 순간이라는 선물, 남루조차 평온으로 이끄는 여여, 이 책은 숨어있는 우리 모두의 자아, 혹은 지금과는 다른 여행을 꿈꾸는 그대의 주머니에 가만히 넣어주고 싶은 나의 작은 메시지다.

2022년 11월
대관령에서

차례

노마드

티타임

찰나

풍경 소리

노마드

여행은 우리가 살고 싶은 삶을
몇 시간 혹은 며칠로 축약한 압축파일 같은 건 아닐까.
좋은 여행지에서 마시는 차 한 잔의 의미란
새로운 길을 열어주는 틈이고 쉼인 동시에
피안의 문을 여는 일종의 열쇠 같기도 하다.

꿈결처럼 황홀했던 바간의 달빛

　불국정토, 미얀마 고대도시 바간, 종일 말을 타고 파고다를 순례하던 그날은 마침 음력 보름으로 만월을 볼 수 있는 날이었다. 어느 사원보다 개성 있고 황홀하다는 담마양지 사원에서 붉은 석양을 마중하고 은빛 만월을 기다렸다. 곁에는 마부 링이 그림자처럼 나를 따라다녔지만 수줍음이 많은 데다 영어를 몰라 생존을 위한 단어 몇 개만 가능했기에 입을 봉한 듯했다. 고적한 사원에서 그가 종달새처럼 바간의 자랑을 늘어놓거나 팁을 조금 더 받기 위해 달콤한 언사를 남발했다면 나는 수시로 링에게 혼자 있고 싶으니 사원 밖에서 기다려 달라고 했을 것이다. 그러나 그는 내 맘을 읽은 듯 가끔 헛기침으로 제 존재를 알릴 뿐 교육 잘 받은 보좌관처럼 일정한 거리를 유지하며 나를 에스코트했다.

아직은 초저녁, 화장실도 가고 싶었고 차가운 밤공기에 몸을 감싸줄 담요도 필요했지만 그보다 더 중요한 것은 그 아름다운 곳에 참을 수 없이 혼자 있고 싶었다. 그래서 생각한 것이 며칠 그림자처럼 함께 다닐 링에게 마을에 가서 담요와 따뜻한 커피와 비스킷을 구해오라는 미션을 주었는데(링의 아내가 조그만 구멍가게를 하고 있었다.) 링은 그야말로 충직한 종처럼 내 말이 끝나기 무섭게 늙은 말을 타고 달빛을 뚫고 유유히 시야에서 사라졌다.

나는 동쪽 탑 기둥에 등을 대고 앉아 눈앞에 펼쳐진 수많은 탑을 바라보던 혼자만의 그 순간이 미치게 좋았다. 도무지 현실 같지 않은 현실, 꿈속처럼 여행자를 실은 마차들이 지나가긴 했지만 사색을 방해할 정도는 아니었다. 2, 30분쯤 지났을까, 링이 담요와 비스킷과 보온병을 들고 파고다 위에 나타났다.

달빛은 은색에 푸른색을 섞은 듯 영롱한 빛을 띠어 더욱 고풍스러운 도시, 세상 파고다(불탑)의 반이 그곳에 있다는 바간의 달밤은 낮 동안 많은 여행자들로 붐

비던 분위기가 완전히 바뀌어 태초처럼 신령스럽기만 하다. 불자가 아니어도 이곳 올드 바간을 제대로 보려면 달밤에 사원 옥탑으로 올라가는 수고를 아끼지 않아야 한다.

왜 나는 커피를 떠올렸을까. 링이 건네준 보온병 뚜껑을 열자 탑 주변으로 안개의 입자들이 산허리를 감아 흐르듯 은은히 퍼지는 커피 향, 그 순간, 곧 닥칠 불면의 재앙 같은 건 알 바가 아니었다. 추위를 녹이려 홀짝홀짝 보온병의 커피를 반쯤 비우고 나머지는 링에게 주었다. 그 밤의 고요는 깊고 서늘했으며 착한 마부가 안내한 곳은 처음 보는 낯선 고대도시였다. 사원 지붕 위 좁은 난간을 거니는 동안 어디에서도 본 적 없는 신비한 아름다움에 깊이 취했다. 링은 저만치 떨어져 나를 지켜보고 있었고 도무지 입을 열지 않아 불안한지, 정적을 부수기라도 하듯 사각사각 비스킷 씹는 소리로 눈 뜨고 꾸는 내 꿈을 깨웠다. 그와 함께했던 전생의 어느 봄밤 같은, 황홀로 온몸에 소름이 파도처럼 일렁이던 바간의 그 밤.

인연은 붉은 실에 묶여

　푸리Puri는 인도 중동부 오리사주 벵골만에 접한 도시로 일명 '자가나트'라 불리며, 도시 중앙에 있는 '자가나트 사원'은 힌두교 비슈누 파의 성지다. 매해 6~7월은 크리슈나 신을 모시는 축제가 열리는데 인도의 대표적인 종교행사로 손꼽힌다. 순례자는 대부분 삶이 얼마 남지 않은 노인들이지만 그들은 이 한 번의 순례를 위해 오랜 시간을 준비하고 시간을 내어 푸리로 모여든다.

　세상 모든 길이 그곳으로 통하는 듯 해 뜨기 전 깜깜한 새벽, 웅성거리며 한 방향으로 이동하는 사람들을 따라가다 보면 바다에 닿는다. 순례자들은 초와 향을 피우고 준비해 온 재물(곡식과 꽃)을 바치며 추운 바다에 몸을 적시며 기도하는 모습은 성스럽다 못해 기이할 정도다. 한참 후 해가 떠오르고 기도가 끝난 사람들의 얼굴에는 밝은 미소가 꽃처럼 피어오른다. 인도를 여행하는 동안 어딜 가나 묻게 되는 내 안의 질문 하나, 만약 인도에 신이 없다면 저 힘없고 가난한 영혼들은 무엇으로 위로를 얻을까 하는 것이었다.

어느 노부부에게 눈길이 갔다. 수십 개의 붉은 실이 가는 손목에 묶여 있었는데 집을 나서 맨발로 한 달을 걸어 그곳까지 오는 동안 여러 사원을 거치면서 순례자라는 걸 알고 사원에서 기도와 함께 실을 묶어주었단다. 그 실은 언제 벗는지 묻자 낡아서 절로 끊어지면 어쩔 수 없지만 살아서 잘라내는 일은 없단다. 히말라야 산자락에서 펄럭이는 룽다(기도 깃발)를 생각하면 될 듯하다.

옆자리 젊은 커플 손에는 붉은 실 세 개가 매달려 있었다. 일주일 전에 혼례를 치르고 부모님 허락을 받고 그곳으로 허니문 순례를 왔단다. 손목의 실을 궁금해하자 혼례 끝나고 스님께서 축복의 의미로 묶어주었다고. 그들은 낮에 자가나트 사원에서도 만날 수 있었는데 붉은 실이 하나 더 늘었다며 자랑스러운 듯 손목을 보여주었다.

불교나 힌두교나 민간신앙을 믿는 아시아의 많은 나라에서 아기가 태어나면 손목에 실을 감아주는 풍습이 있다. 장수를 기원하며 아기 돌잔칫상에 실을 놓거나 실타래를 목에 걸어주기도 하는 우리들처럼, 태국, 베트남, 미얀마, 라오스, 인도, 스리랑카 등에서도 혼례의식을 집전하는 스님이 신랑신부 손목에 액을 막고 복과 장수를 상징하는 붉은 실을 묶어준다. 사랑으로 맺은 두 사람의 인연이 영원히 끊어지지 말라고,

홍연紅緣이라는 노랫말을 보면, '끝까지 함께 살다가는 사람들은 손과 손에 실이 이어져 나온 사람이고, 거듭 이별한 사람들은 태어날 때 손과 손에 붉은 실이 이어지지 않아서 그런 거라 했다.' 참으로 의미심장하지 않은가.

잔지바르의 무함마드

"나의 조상은 이 섬 커피농장에 팔려온 노예였어요. 어쩌면 당신이 마시는 커피는 나의 할아버지가 심은 나무에서 딴 커피콩일지도 모르죠."

리조트 투숙 사흘째 되는 날 아침, 내 테이블에 갓 내린 커피 한 잔을 조심스럽게 내려놓으며 무함마드가 읊조리듯 들려준 말이다. 커피 잔을 내 앞으로 밀어 주는 단순한 동작 하나에도 몸에 밴 예절이 느껴졌다.

무함마드는 탄자니아 잔지바르 섬, 백인이 운영하는 리조트에서 일하는 흑인 매니저다. 여기 그를 소개하는 과정에서 '흑인'이라는 단어를 끼운 건 전적으로 나 개인의 언어운용 능력에 문제가 있음을 시인한다. 무함마드, 이젠 묻지 않아도 그가 무슬림이라는 걸 알 수 있다. 일반 손님들에겐 아래 종업원이 식사나 커피를 가져다주는데 리조트에 도착한 첫날 심한 두통으로 도움을 청한 후 나는 그에게 특별손님이 되었고 아침마다 내 커피는 야자수 그늘이 있는 야외 테이블까지 그가 배달을 도맡았다. 여행지에서 마주하는 그런 친절은 혼자지만 혼자가 아니란 걸 느끼게 했고 행복감을 주었다. 무엇보다 무함마드의 몸에 밴 예절과 낮은 톤의 대화는 나 비록 가난한 배낭여행자에 불과할지라도 게스트의 격을 높이는데 일조를 한 것이 틀림없다. 직업의식일 수도 있겠으나 그가 친절을 베풀 때마다 고맙다는 인사 대신 그날의 기분을 물어주었고 지금 입은 셔츠와 헤어스타일도 참 잘 어울려 멋지단 말을 잊지 않았다.

그곳 리조트의 장점은 눈앞에 펼쳐진 푸른 인도양과 마을을 둘러싼 도깨비방망이를 천 개쯤 달고 있는 듯한 괴물 바오밥나무와 내 방 앞은 물론 리조트를 들고 나는 길목 지천에 열대를 상징하는 붉디붉은 부겐빌레아 꽃을 눈만 뜨면 원없이 본다는 것, 침대에 누우면 야자수로 엮은 지붕 사이로 도마뱀들이 상주하는 걸 제외하면 다 좋았다.

나는 새벽산책에서 돌아오는 시간에 맞춰 무함마드

가 가져다주는 모닝커피를 날마다 기다렸다. 그것은 마법처럼 기분 좋은 하루를 예약하는 의식이기도 했다. 하루는 부겐빌레아 울타리 앞에 선 채 물었다. "킴, 이 섬에서 가장 좋아하는 게 뭐예요?" 나는 눈앞의 꽃을 가리키며 "부겐빌레아."라 즉답을 했다. "다음은요?" 그가 차분하게 내 입에서 어떤 말이 흘러나올지 호기심 어린 표정으로 답을 기다렸다. "매일 아침 무함마드가 가져다주는 커피…." "정말요? 그럼 퀸이나 밥말리의 노래도 좋아하나요? 이 섬이 그들의 고향이란 건 알고 있죠?" 무함마드는 조금도 경솔하지 않게 내가 듣고 싶은 말만 골라 하는 듯했다.

섬을 떠나던 날, 평소보다 일찍 일어나 숙소에서 약 1킬로미터 거리에 있는 바오밥나무 길 산책을 마치고 돌아오니 방문 앞 탁자에 부겐빌레아와 갓 내린 커피만 있고 정작 있어야 할 무함마드는 그림자도 보이지 않았다. 조금 전 산책을 할 때만 해도 무함마드와 영화 같은 이별을 상상했는데 그건 한낱 꿈이었을까. 분명 그날 아침 내가 그 섬을 떠난다는 걸 무함마드는 알았을 텐데, 아무리 생각해도 이해가 되지 않았지만 '급한 일이 있었을 거야.' 그렇게 위로하려 했으나 떠날 시간이 다가오자 불안은 커져만 갔다. 다른 직원에게 그의 행방을 수소문해 봤으나 다들 고개를 저을 뿐. 무함마드가 놓고 간 꽃을 만지작거리며 배낭을 다 쌀 때까지도 그는 나타나지 않았다. 왜 그랬을까. 나 떠난 후 내가 남긴 메시지는 읽었을까.

　그곳에 머물던 어느 날 체크아웃을 하고 리조트를 떠나는 손님의 짐을 차에 실어주며 무함마드가 했던 말이 생각났다. "행운을 빌게요. 그러나 안녕!이라는 인사는 하지 않을래요. 이 섬에선 헤어질 때 굿바이!라는 인사는 잘 하지 않아요. 굿바이!라고 인사하면 다시 만나기 힘들다네요. 그래서 누구든 이 섬으로 다시 돌아오기를 바라는 사람에겐 굿바이!라고 인사를 하지 않는 것이 전통이에요." 왜 여객선 선착장을 향해 달리는 택시 안에서 폭발할 것 같은 슬픔을 누르며 되돌릴 수 없는 때가 되어서야 생각났을까. 무함마드가 손님에게 했던 그 말,

퉁가 차밭 노동자의 하루

내가 아는 지상의 모든 사람들은 차를 마셨다. 보통은 비즈니스나 일하는 틈틈이 건강한 몸과 마음의 힐링을 위해 마시지만 더러는 배고픔을 잊기 위해 마시는 경우도 있다. 말라위 퉁가는 동아프리카에서 기후가 좋아 우수한 녹차식품을 다량 생산하는 녹차 재배지로 유명하다. 하루 한두 끼로 만족해야 하는 열악한 환경에서 살아가는 차밭 노동자들이 휴식시간 배고픔을 덜기 위해 하는 일이란 밭가에 드럼통을 잘라 걸고 불을 피워 찻잎을 넣고 끓인 물(차)을 하루 두세 번 마시는 거라고, 마른 녹찻잎과 함께 넣는 잎이 있었는데 그것은 정신을 맑게 하고 허기를 잊게 해주는 허브식물로 각성제 효과가 있다고 했다. 아마도 남미 잉카인들이 추위와 배고픔을 잊기 위해 씹는 코카잎 같은 그런 것이 아닐까 싶다.

먼 나라에서 온 손님을 환영한다며 컵 가득 찻물을 따라줄 때 어찌나 난감하던지, 비위생적인 컵이 문제가 아니라 녹차 카페인에 민감한 체질이라 조금만 마시겠다 이해를 구하는 일은 언어의 벽 때문에 쉽지 않았다. 분위기로 보아 빨리 마시고 잔을 다른 사람에게 양보해야 했는데 그들은 내가 함께 차를 마셔준 것을 고마워했고 비로소 친구가 되었다는 말을 아끼지 않았다. 그곳에서 수확한 찻잎은 가공을 거쳐 전량 유럽으로 수출을 한다고. 먹을거리가 부족한 통가에선 손님이 오면 차를 대접하는 게 예의라니 차를 나누는 문화는 우리와 다르지 않았다.

이들은 하루 10시간 뙤약볕에서 노동을 하지만 임금은 1달러도 채 되지 않는다고. 집에 갈 때 버스를 타면 차비가 약 750원, 그래서 종일 찻잎을 따주고 번 1달러를 집으로 가져가려면 꼬박 서너 시간 걸어야 하고. 점심은 익힌 카사바 한 주먹, 양은 허기를 면할 정도지만 차는 맘껏 마실 수 있으니 괜찮다고, 사는 거 다 그런 거 아니냐며 허허실실 억지웃음을 웃던 노인, 왜 맨발이냐니 신발은 가져본 적도 신어본 적도 없단다. 노동으로 다져진 몸과 태양에 그을린 얼굴은 건강미가 넘쳤다. 잉여를 탐하지 않아서일까, 생을 좀 살아본 사람만이 가질 수 있는 여유가 그대로 느껴졌다.

　오지 여행자가 되고부터 나는 브랜드 커피를 선호하지 않는다. 여러 이유가 있지만 가장 큰 이유는 비싼 가격 때문이다. 내가 둘러본 지구촌은 하루 1달러도 안 되는 돈으로 생계를 해결하는 절대빈곤층이 너무나 많았다. 나 아니어도 그 가난을 직접 눈으로 보고 경험한 사람이라면 우리가 마시는 커피값은 상대적으로 너무 비싸다는 것에 이의를 다는 사람은 없을 것이다. 말라위 녹차밭 노동자들만큼은 아니지만 나는 시골로 돌아와 홀로 숲 산책 중에 마시는 한 잔 인스턴트 커피만으로도 아쉬움이 없다. 적어도 나는 그렇다.

믹스커피가 필요해

다양한 여행지가 있지만 그래도 인상 깊었던 곳을 꼽으라면 다섯 손가락 안에 드는 나라가 모로코다. 모로코의 도시들은 여행자들에게 한순간도 지루할 틈을 주지 않는다. 천일야화에 등장하는 중세의 모습들과 마법 같은 세계가 매일 매 순간 눈앞에서 펼쳐진다면 믿으시려나. 아프리카와 중동의 이슬람 문화를 함께 즐길 수 있는 것도 매력이지만 내겐 사하라사막이 주는 영향이 가장 컸다.

모로코에서 여행 루트를 짜다 보니 무두공장으로 유명한 도시, 페스에서의 출발이 무난할 듯하여 나는 여행사를 통해 3박 4일 사하라사막 지프투어를 세 명의 다른 나라 여행자들과 함께 하게 되었다.

우여곡절 끝에 우리 팀은 사하라사막 입구에 도착했고 거기서 두세 시간은 낙타를 타고 사막 가운데로 이동해야만 했다. 낙타여행(낙타투어 혹은 낙타트래킹)을 이끄는 가이드는 베두인 청년 무함마드였다. 다른 팀과 합류한 우리는 약 서른 마리의 낙타행렬을 이루어 저녁 노을이 붉게 물드는 모래 산 위를 엽서에서 본 그림처럼 걸어갔다. 여행사가 마련한 숙소에 도착했을 때 다른 여행자들은 여기서 무얼 할 수 있지? 하는 표정이었지만 이상체질인 나는 야릇한 안도감이 느껴졌다. 철없는 아이처럼 오직 모래뿐인 그 아름다운 사막에 압도되어서.

사막 가운데, 하늘만 가린 낡은 천막 두 동은 베두인 가족들이 염소와 닭 몇 마리를 키우며 여행자들의 식사를 준비하는 곳이란다. 여행자들은 그들이 제공하는 식사를 하고 나면 모래 위에서 각자 준비한 담요 한 장을 들고 모래 산 여기저기 자리를 잡고 쏟아지는 은하수를 보며 어린왕자를 기다리다 잠이 들면 그만이었다.

다음 날 아침 기온이 오르기 전 모든 여행자들은 낙타를 타고 사막을 떠났지만(낮에는 너무 더워 천막에서 지내는 건 무리다.) 나는 패잔병 포로처럼 혼자 그곳에 남았다. 전날 밤 허리를 삐끗해 꼼짝할 수 없는 지경에 이르고 말았으니, 허리는 심각하게 아팠으나 나는 내심 쾌재를 불렀다. 단 하룻밤 사막에서 별을 보고 돌아가야 하는 일정이 정말 아쉬웠는데 어쩜 그분은 늘 이렇게 필요한 것을 필요한 시간에 채워주시는지,

모래 산 너머로 여행자들이 사라진 후 나는 베두인 가족들과 온도계 눈금이 60도에 이르는 핫한 사하라에서 '만약 당신이 살고 싶지 않다면 한낮 사막에서 몸을 움직이면 된다.' 는 즐거운 협박이 단순한 조크가 아니었음을 실감했다. 폭염으로부터 구원받을 수 있는 유일한 방법은 얌전히 해가 기울기만을 기다리는 것뿐이었다. 어둑해질 무렵, 드디어 여행자를 태운 낙타행렬을 이끌고 무함마드가 천막집으로 돌아왔다. 그 순간, 비로소 내가 이해한 말이 있다. '사막에서 홀로 유목해본 사람만이 세상에서 가장 그리운 것이 사람' 이라는 말. 베두인 가족들과 뜨거운 낮을 무사히 건넜다는 안도감도 좋았지만 무함마드가 천막집으로 돌아왔다는 사실이 그렇게 반가울 수가 없었다.

뭔가 가장 절실해 있던 그때 그날 도착한 여행자들에

게 안내를 마친 후 나를 찾아온 무함마드가 물었다. "필요한 거 있나요?" 막막한 사막 한가운데서 내게 뭘 줄 수 있다고 그런 달콤한 미끼를 던지는지. 모르긴 해도 내가 원하는 것이 있다면 마법을 걸어서라도 구해줄 기세였다.

"커피믹스, 달달한 한국의 믹스커피가 필요해!"

무함마드를 향해 내 입술은 어째자고 말도 안 되는 단어를 꺼내고 말았는지, 도대체 그 많은 시간을 길에 바치고도 아름다운 사하라의 붉은 저녁에 넋을 놓고 있는 내 모습이 우습기도 하고 슬프기도 했다. 어째자고 여행사 창고에 큰 배낭을 맡길 때 반드시 챙겨야 할 품목, 커피믹스(여행 중에만 특별히 좋아한다.)를 잊고 오는 실수를 했을까.

그때 무함마드가 실실거리며 물었다.

"만약 내가 커피를 준다면 시스터는 무엇을 줄 수 있나요?"

세상에 이토록 달콤한 거래라니,

나는 만약, 이라는 단어가 붙긴 했지만 무함마드를 보자 커피는 더욱 간절해졌고 급기야는 입술이 타들어가는 것만 같았다.

"글쎄, 모르겠어. 그냥 지금은 내가 이곳에 있다는 것만으로도 행복하지만 그러나 커피를 마시면서 저 모래언덕을 하염없이 바라볼 수만 있다면 더 무엇을 바랄까 싶어. 그러니까 제발 커피를…" 나는 어린아이가 장난감을 조를 때처럼 내심 불가능하다는 걸 알았지만 너무나 간절했기에 떼를 쓸 수밖에 없었다.

천막 안으로 사라진 무함마드가 한국산 그것도 내가 좋아하는 노란색 커피믹스를 하나도 아닌 둘을 들고 나타났을 때 팔짝팔짝 뛰었고 입에선 즐거운 비명이 폭죽처럼 터졌다.

"세상에 이런 일이?" 나는 눈앞의 현실이 믿기질 않아 무함마드를 끌어안고 말았다.

"그게 그렇게 좋아요?" 하고 묻던 무함마드의 눈빛을 어떻게 잊을 수 있을까.

마음을 비우고 기다리다 보면 신은 인간에게 절대의 순간에 필요한 것을 주신다더니, 정말 그런 것인가. 그날 내 감동은 진했고 오래갔다. 그 커피는 어느 한국 여행자가 주고 갔다는데 왜 마시지 않았냐니 자기는 홍차가 최고란다. 그 여행 이후 나는 여행지에서 좋은 사람을 만나면 아껴두었던 커피믹스를 나누는 습관이 생겼다. 무함마드가 내게 그랬듯이 나도 누군가 간절히 그 것을 필요로 할 때 짠! 하고 내놓는 일, 그것은 사소한 선물 하나로 산타가 되어보는, 얼마나 근사한 일인가. 그렇게 내 손에 들어온 커피를 뜨거운 물과 컵에 붓고 향기를 맡을 때 정말이지 그 순간만은 여권을 제외한 내가 가진 모든 것을 무함마드에게 준다 해도 아깝지 않을 만큼 매우 구체적으로 나를 행복하게 했다.

여행 중 만난 무슬림 남자 열 명 중 여덟 명의 이름은 무함마드(Muhammad, 이슬람의 창시자 예언자 종교지도자의 이름)였다. 그들의 신앙심은 돈독했고 알라에 대한 자긍심으로 가득 차있었다.

두 번째 날 사막 한가운데서 맞이한 아침은 무함마드가 준 두 개의 커피믹스 중 남은 하나를 두고 갈등했다.

"커피는 역시 모닝커피지. 아니야, 다음 날까지 허리 통증에 차도가 없으면 이 커피는 저녁노을이 미치도록 아름다울 내일 마시면 좋겠어. 그도 아니면 내일은 인간이 사는 땅으로 돌아가야 할지도 모르니 내일 일은 내일 생각하는 게 맞겠지."

내 머리는 이 단순한 결정을 두고 복잡해졌다. 하지

만 내일까지 참을 수 없다는 결론에 이르렀고 결국 내 손은 나머지 한 개를 뜯고 말았다. 내 맘을 읽은 무함마드가 천막 주방에서 뜨거운 물을 가져다주었다. 나는 무릎을 접은 채 컵을 모래 위에 놓고 주머니에 있던 커피봉지를 꺼내 'easy cut' 라인을 따라 힘을 주었지만 '이지 컷'이 아니었다. 바르르 손이 떨렸다. 그럴 때 자동으로 튀어나오는 자탄,

"대체 커피가 뭐길래."

무함마드가 장난을 걸어왔다.

"시스터, 왜 그래요. 손이 떨리잖아요."

어처구니가 없어 웃음이 터지고 말았다.

드디어 뜨거운 물에 커피를 풀고 어디선가 붉은 사막여우가 나타날지도 모를 겹겹의 파도가 해안을 향해 밀려오듯 장중한 파노라마로 펼쳐진 사막 풍경에 홀려 나도 모르게 입에서 흘러나온 한마디. "인샬라!(알라의 뜻으로~)" 내 멘트에 무함마드가 아빠 미소를 지었다. 고작 커피 한 봉지에 나의 신이 바뀌었다는 사실을 어떻게 설명해야 할까. 일단 후각으로 즐긴 뒤 한참 뜸을 들여 한 모금 들이며 음미하는 순간 세상에서 가장 갖고 싶은 것을 비로소 가진 행복감이 한꺼번에 밀려왔

다. 무슨 일인지 무함마드가 건너 모래산으로 사라지는 걸 확인한 뒤 한참 동안 커피를 삼키지 못했다. 커피 잔을 완전히 비운 건 한 시간쯤 지나 무함마드가 내 곁으로 돌아온 뒤였다.

이럴 수가, 다음 날 하루 더 머물도록 허락이 떨어졌다. 신이 도우신 게 분명하다. 그런 결정을 하게 한 데는 무함마드의 공이 컸으리라. 좋아서 팔짝 뛸 일인데 이젠 그토록 좋아하는 커피가 없다. 무함마드도 그 사실을 알고 있었다. 평소와 같이 낙타를 끌고 여행자를 인솔하고 사막 밖으로 나간 무함마드는 늦은 오후가 되어서야 돌아와 내 몸 상태, 특히 허리 상태를 체크해 주었다.

"시스터, 내일은 어떻게든 사막을 벗어나야 해요. 더 있다간 위험해질 수도 있거든요."

그 말이 끝남과 동시에 무함마드가 뒷주머니에서 뭘 꺼냈다.

"정말이에요. 시스터에게 내가 줄 수 있는 마지막 선물이에요."

아, 믹스커피였다.

믹스커피 하나를 소원으로 걸었던 첫날을 생각하면

무함마드는 이미 신 그 이상의 존재였다. 하기야 무슬림들은 손님을 알라가 보낸 소중한 선물이라 여겨 어떤 경우에도 손님을 극진히 대접하는 것으로 알고 있었지만 무함마드는 뭔가 달랐다.

그날 늦은 밤 무함마드와 모래 산 위에 나란히 등을 펴고 누워 두런두런 이야기를 나누었다. 왜 가이드가 되었냐 물으니 아직도 유목으로 살고 계신 부모님을 위해서란다. 번 돈을 하나도 안 쓰면 한 달에 새끼 양한 마리를 살 수 있지만 자신은 아직 초보가이드라 서너 달 정도 모아야 양 한 마리를 살 수 있다는데 그의 소원은 양 백 마리를 부모님께 사드리고 고향으로 돌아가는 거란다. 하면, 지금까지 양을 몇 마리나 사드렸냐니 두 마리란다. 나는 내가 한 질문을 3초도 안 돼 후회했다. 그리고 또 독백… "이제 아흔 여덟 마리가 남았구나." 내 말을 알아들었는지, 무함마드는 열심히 일하다 보면 알라께서 도와주실 거라며 하늘에 대고 엷은 미소를 짓는다.

사흘째 되던 날 다행히 불편한 허리가 회복되어 짐을 챙겨 나를 돌봐준 천막집 가족들과 인사를 나누고 무함마드가 이끄는 낙타를 타고 사막 밖으로 나왔지만 무함마드와 헤어질 생각을 하니 마음이 편치 않았다. 시간이 되어 우리는 사막 끝에서 깊은 포옹으로 이별 의식을 치렀다. "인샬라, 걱정 마요. 시스터, 건강하게 여행 마치고 무사히 가족 품으로 돌아갈 수 있도록 알라께서 도와주실 거예요…."

그 말이 끝나고 차에 오르기 전 정성껏 준비한 팁 봉투를 그의 주머니에 찔러줬다.

"무함마드, 내 소원을 세 번이나 들어준 네게 이건 시스터가 마음으로 주는 선물이야. 다음 달 고향에 갈 때 양으로 바꿔 가겠다고 약속해 줘. 알았지?"

무함마드가 나의 새끼손가락에 그의 손가락을 걸었다.

지금쯤 무함마드는 소원을 이루었을까. 양은 몇 마리나 늘어났을까. 부모님의 유목생활은 끝났을까. 그랬다면 무함마드는 고향으로 돌아가 베두인 처녀와 결혼을 하고 아이 아빠가 되었겠지. 사하라 여행이 끝난 후에도 나는 낙타를 타고 숱한 사막을 건넜지만 그때마다 사하라의 무함마드가 너무나 보고 싶었다. 어떻게 지내고 있을까. 그리운 나의 브라더.

따뜻한 신맛 부드러운 쓴맛

비워둔 집에 청소를 마치고 멍하니 창밖을 본다. 살갗에 닿는 샤워기의 물줄기가 언제 이토록 따사로웠던가. 옹기종기 실내 가득 들어와 먼지와 함께 뒹구는 초겨울 햇살이 언제 이토록 사랑스러웠던가. 탁자에 올려둔 작은 선인장 화분과 사랑초는 나를 기다렸다는 듯 여전히 초록초록하다. 길 위에선 질문이 많았는데 귀가하는 순간 질문도 답도 사라지게 하는 지상에서 가장 안전하고 편하고 달콤한 거처가 집이라는 걸 누가 부정할까.

탁자 위 저 선명한 글씨, 'Ethiopia Yirgacheffe'. 지금은 국내에서 대중화되어 쉽게 맛볼 수 있는 예가체프는 에티오피아 남부 고지대 예가체프 지역에서 재배

하는 커피를 일컫는다. 우아한 향으로 유명한 예가체프는 에티오피아에서 생산되는 커피 중 가장 고급스럽고 세련된 맛은 물론 목 넘김이 좋아 세계 커피 애호가로부터 호평을 받고 있다.

드립한 커피를 탁자에 놓고 그림 같은 산마을 예가체프에서 웃음소리와 함께 나무에 오르거나 비탈밭에 떨어진 커피 열매를 줍는 맨발의 아이들 모습이 떠올라 마음은 어느새 아름다운 에티오피아로 달려간다. 그리고 오늘 첫 의식으로 선택한 한 잔의 커피, 지금 앞에 놓인 커피가 내가 방문했던 그 예가체프 마을에서 온 것이 맞을까. 커피농장에서 일하는 마을 사람들은 쉬는 시간, 화덕에 불을 피우고 검은 양철 팬에 커피콩을 볶은 후 돌절구에 찧은 거친 커피가루를 끓인 물에 타 마시곤 했다. 오리지널 '원두의 맛'이라는 말을 잊지 않았다. 미각에도 야만성과 원시성을 부여할 수 있다면 첩첩산중 예가체프 마을에서 마신 커피 맛을 어떻게 잊겠는가.

사람들은 고지대의 뜨거운 태양과 바람, 붉고 메마른 흙이 키운 예가체프 커피 맛을 '따뜻한 신맛', '부드러운 쓴맛'이라 평하지만 내겐 코를 자극하면서 목을 타고 내장 깊숙이 흘러 들어가 몸에 퍼지는 향긋하고 쌉싸름한 맛이 가을 아침에 내리는 비에 가깝다.

커피는 밀봉한 봉지를 부욱~ 하며 뜯을 때도 좋지만 콩을 볶고 드립하는 동안 실내에 부유하는 향을 눈으로 향기로 감각하는 것 또한 커피가 주는 은은한 매력이고 행복감이다.

아주 먼 아프리카 예가체프 산중 마을에서 이방인 신분으로 검붉게 익은 커피열매를 따는 농부의 일손을 돕던 그날의 한가로움을 추억하며 남은 커피를 확인한다. 오늘따라 마지막 한 모금을 오래 음미하게 하는 예가체프 커피를 추억 또는 호사라 여기는 이유가 여기에 있다. 검고 쓴 유혹, 예가체프, 너 참 멀리서 왔구나.

왜 그랬을까 그 남자

어느 겨울, 여행의 기분에 달떠 모든 것을 얼어붙게 하는 추위를 무시한 채 대학 입학을 한 달 앞둔 딸과 나는 동유럽으로 떠났다. 독일, 폴란드, 헝가리를 거쳐 체코 프라하를 둘러보는 코스였다. 나는 폴란드 아우 슈비츠를 가보고 싶었고 딸은 프라하에 대한 기대가 컸다. 다뉴브 강변의 화려한 야경 때문인지 부다페스 트는 기대 이상 아름다운 도시였다. 낮 투어를 마치고 어둠이 내릴 무렵 중앙광장 뒤편 오래된 레스토랑 골 목을 들어가기 전 우리는 쓰레기통에 앞에 멈췄고, 가 방을 열어 낮에 먹다 남은 햄버거 봉투를 버릴 때 쓰레 기통이 비어선지 햄버거가 쓰레기통 바닥에 닿는 소리 가 쿵! 하고 울렸다.

낮에 보아둔 레스토랑을 찾아가 메뉴를 골랐지만 양고기 냄새에 비위가 상한다며 아이는 비싼 스테이크를 반이나 남겼다. 아까웠지만 스프와 샐러드만 먹고 채식지도 않은 스테이크를 그대로 두고 숙소로 돌아가기 위해 광장으로 나왔을 때, 조금 전 우리가 햄버거를 버린 바로 그 쓰레기통이 보였다.

멋진 청년이 쓰레기통에서 뭔가를 건져내더니 돌아서서 와작와작 씹는 소리가 들렸다. 혹한의 추위에 우리가 버린 빵이 그사이 얼음이 된 모양이었다. 청년은 우리를 의식하지도 않고 허겁지겁 그 빵을 먹어치웠다. 노랑머리, 코에 금빛 링이 찰랑거렸고, 뺨엔 별 모양의 타투를 한 청년이었다. 그와 눈이 마주쳤을 때 청년의 인상은 단번에 와 박혔다. 나는 아이에게 쓰레기통에서 빵을 건져 먹는 청년을 봤느냐 눈빛으로 물었고 아이도 놀랐는지 왜 멀쩡한 남자가 그러는지 의아해했다. 숙소로 돌아오는 길에 우리는 말 한마디 나눈 적 없는 그에게 이름을 붙여줬다. 부다페스트의 브래드 피트라고.

다음 날 숙소에서 아침을 먹고 산책을 위해 중앙광장 쪽으로 나가다 보니 수년 전 루체른과 빈에서 본 도심

가로수들이 웃자라지 못하도록 전지를 해 몸통은 씨름 선수처럼 굵고 마디는 괴이하게 생겨 처음 볼 땐 '도깨 비방망이를 닮은 바오밥나무' 같았던 플라타너스 가 로수. 서유럽의 한때를 떠올리며 길을 걷는데 안개가 살짝 시야를 흐렸고 영화에서처럼 저 멀리 연인으로 보이는 남녀가 해를 등지고 걸어오는 모습이 얼마나 멋져 보이던지, 걷다 보니 그들과 거리가 좁혀졌고 우 리는 누가 먼저랄 것도 없이 "아, 어제 그 남자, 브래드 피트 맞지?" 하며 눈을 맞추었다. 재킷 색깔과 노랑머 리, 금빛 코걸이, 뺨에 별 모양의 타투… 쓰레기통 속 에서 언 빵을 주워 먹던 바로 그 남자였다.

"ARBEIT MACHT FREI.(일하면 자유로워진다.)"

우리는 아우슈비츠 강제수용소 정문에 걸린 기만적 인 문구를 기억한다. 너무나 슬픈 역사를 가진 유태인 이 독일 나치에 의해 대학살을 당한 현장, 폴란드 아우 슈비츠(오시비엥침) 강제수용소를 거쳐 프라하의 매력에 흠뻑 젖어 있었다. 음산한 날씨를 제외하면 다 좋았다. 선물을 고르며 집으로 돌아갈 날을 불과 이틀 앞두고

블타바 강 위를 가로지르는 카를교에서 백팩에 든 목
도리를 꺼내기 위해 들고 있던 카메라를 벤치에 내려
놓는 순간 바람처럼 낚아채 달아나는 남자를 속수무책
바라봐야만 했던 어이없는 사건, 내가 부다페스트 그
아름다운 가로수 길에 서있는 두 연인의 그 멋진 장면
을 사진으로 볼 수 없는 건 처음으로 구입한 디지털카
메라를 날치기로 잃고 마지막 여행지인 독일, 폴란드
는 필름사진만 몇 장 남아있기 때문이다. 일상으로 돌
아온 후 카메라 생각은 별로 안 났지만 가끔 부다페스
트의 멋진 남자 생각은 났다. 왜 그랬을까. 다들 가난
을 말했지만 쓰레기통에서 언 빵을 주워 먹고 다음 날
아름다운 여인과 아침 데이트를 즐기던 도무지 이해할
수 없는 그 남자, 부다페스트의 브래드 피트,

가장 큰 사랑은 용서

그해 여름, 나는 달라이 라마가 이끄는 티베트 임시
정부가 있는 북인도 다람살라로 떠났다. 도착하던 다
음 날, 생불을 뵐 수 있다는 대중 집회 소식을 벽보에
서 보고 남걀사원을 찾아갔다. 그리 뵙고자 했던 달라
이 라마는 바보처럼 선한 미소를 띠며 군중 앞에서 설
법을 시작하셨는데, 주제는 이웃이 굶고 있는데 내가
배부른 건 도리가 아니라는 비유를 들어 베푸는 삶에
대해서였다. 어인 일인지 설법 중 자꾸만 목덜미와 얼
굴을 긁적거려 신경이 쓰였는데 알고 보니 아무리 미
물이라도 살생만은 피해야 한다며 모기 같은 해충에
쉽게 물려 평소에도 잘 긁는다는 것이다.

30분 정도의 설법이 마무리되고 길게 줄을 선 사람들

의 손을 일일이 잡아주며 인사를 나누는 시간, 드디어 내 차례가 왔다. 두 손을 합장하고 머리를 숙여 '티벳 프리'로 예를 드리자 대뜸 일본 사람이냐 물으신다. "아닙니다. 전 한국 사람입니다."라고 했을 때 머쓱해 하던 그의 미소는 너무나 인간적이어서 잊히지 않는다.

며칠 후, 달라이 라마가 머무는 남걀사원으로 다시 갔을 때, 많은 순례자들 중 서너 살쯤 되어 보이는 사내아이를 곁에 두고 오체투지(부처님께 온전히 나를 맡긴다, 귀의한다는 의미를 갖는 인사법으로 오체는 인체의 다섯 부분, 머리, 두 팔, 두 다리를 이르기도 하고, 다른 의미로는 근육, 혈관, 뼈, 가죽, 살을 이르기도 한다. 오체투지는 무릎을 꿇고 두 팔을 뻗으며 배를 땅에 깔고 다리를 쭉 편 후 이마가 땅에 닿도록 하는 절이다.)를 하는 젊은 여자가 눈에 들어왔고, 잠시 후 아이 엄마가 보채는 아들을 달래고 있을 때였다. 손가락 크기의 바퀴벌레 한 마리가 아이를 향해 달려드는 게 내 눈에도 보였다. 순식간에 벌어진 일인데 여자가 어~ 하는 소리와 동시에 손바닥을 사정없이 내리쳤다. 독충이다. 뒤에서 누군가 고함을 쳤으나 고함보다 더 빠른 모성, 손바닥에 뭉그러져 있던 벌레의 사체를 아이가 보았다는 걸 안 여자의 얼굴빛은 사색이 되었다. 그들의 불심을 생각하면 손바닥을 내리치기 전 살생과 아이 사이에서 적잖은 고민을 했을 것이다. 그녀 얼굴에 드리워진 그늘과 죄책감, 불안과 갈등과 곤혹스러움은 두말할 나위도 없지만,

아니나 다를까. 여자는 날이 어두워지도록 차가운 바닥에 엄마를 기다리다 지쳐 잠든 아들을 그대로 둔 채 오체투지를 계속했다. 아들을 지키려면 살생은 어쩔 수 없는 일이었다는 걸 주위 사람들 모두 인정하고 있다는 사실은 도움이 되지 못한 모양이다. 다만 그녀는 이미 하고 있던 기도에다 그날 자신이 저지른 실수에 대한 참회가 더하여져 기도시간이 길어진 것뿐.

그들에겐 불심과 부처의 가르침은 경전에 새겨진 글자가 아니라 생활 속에 깊이 박힌 일상 그 이상을 의미한다. 달라이 라마도 가장 큰 사랑은 용서를 베풀고 용서를 구하는 것이라 했다. 나 같은 범부가 일상 속에서 알게 모르게 저지른 죄, 자존심 따위가 무어 그리 대수라고 고개를 꺾지 못하는 건지. 온몸을 바닥에 던져(오체투지)서라도 용서를 구하는 티베탄들의 불심을 생각해 보는 오늘은 한 해의 끝 날이다.

바나나나무 그늘 아래 잠든 이레나

동남아프리카에 위치한 말라위는 전체 면적 4분의 1이 호수다. 아이러니하게도 호수를 벗어난 시골마을은 대개 물 부족을 겪는 것도 여느 아프리카와 다르지 않다. 아프리카에서도 평균수명이 낮고 가난한 나라로 말라위는 우선순위에 속한다. 가난의 다른 말이 문명의 때가 덜하다는 말이어서 자연만큼 사람들은 순박하여 한 번 인연을 맺으면 헤어질 때 유독 마음이 끌리고 아팠기에 개인적으로는 좀 특별한 나라다.

두 번째 말라위 방문, 대중교통이 닿지 않는 곳에 트럭여행을 함께 하던 백인 친구들을 따라 오지마을을 방문할 기회가 생겼다. 출발 전 그 마을의 규모나 아이들은 몇 명이나 되는지 파악한 후 빵, 사탕, 학용품 등을 준비하는데 그날은 중간 무주주 근처에 있는 베이스캠프로 돌아가는 날이라 마지막으로 방문한 작은 마을에서 남은 빵과 사탕을 쏟아놓자 그토록 수줍어하던 아이들이 우르르 달려와 가방은 금세 바닥을 보였다.

그때 아기를 안고 흙바닥에 앉아있던 여자와 눈이 마주쳤다. 아이들이 몰려와 소란을 피우는 바람에 자던 아기가 깨어 낯선 나를 향해 손을 내민 건 동물적인 본능이었으리라. 난감해라, 애절하고 간절한 눈빛, 설마 그곳에 천사가 있을 줄이야. 예상치 못한 일이라 당황스러웠다. 천사 이름은 '이레나', 사탕 두 개를 쥐고 있던 아이에게 그중 하나를 이레나에게 양보해 달라 부탁해 봤지만 모처럼 굴러들어온 복을 내줄 생각이 없다는 듯 아이는 걸음아 날 살려라 도망을 쳤다.

아프리카 하면 가난과 기아, TV채널에 단골로 등장하는 영상이 있다. 영양실조로 기운을 잃고 겨우 눈만 끔벅거리는 깡마른 아이들을 외면하지 말아 달라고 NGO 단체가 만든 공익광고, 그 화면에 등장하는 차마 눈 뜨고 볼 수 없는 작고 깡마른 아이가 지금 내 앞에 있다니, 살짝 건드리기만 해도 바스러질 것만 같은 검불 같은 아이를 두고 갈등하던 그때, 늦었다며 서둘러야 한다고 재촉하는 친구가 있어 자리를 일어서긴 했지만 그날도 그다음 날도 나는 이레나의 작은 손과 갈퀴처럼 툭 튀어나온 가슴뼈와 앙상한 팔다리와 휑한 두 눈이 도무지 잊히질 않았다. 아, 하나님은 왜 매번 이런 시련을 주시는지, 그 후 며칠 나는 기도로 아이를 잊으려 했지만 현실은 반대였다.

여행은 계속되었고 말라위 남동쪽을 반쯤 돌자 일주일이 뭉텅 잘려나갔다. 북쪽으로 올라가는 길에 이레나를 보고 가야지 하고 마음을 굳힌 나는 낯선 아프리카 땅에서 겁도 없이 일행을 포기하고 혼자 로컬버스를 탔다. 예상에 없던 스케줄이지만 그 정도 변수는 기꺼이 감수할 생각이었다. 준비한 선물이 두둑해서일까, 긴장과 두려움보다 이레나를 볼 기대로 마음이 날아갈 것 같았다. 버스에서 내리자 나를 알아본 마을아이들이 떼로 몰려와 이레나 집을 찾아가는데 앞장서주었다. 신작로 끝에서 이레나 집으로 이어지는 동네어귀엔 여전히 키 큰 망고나무가 그늘을 드리우고 그아래 졸고 있는 누렁이와 어린 길냥이들, 그들의 주식인 어른 키만큼 자란 카사바나무도 그대로였다. 골목을 두 번 꺾어 이레나 집으로 이어지는 길가 쪽 마당엔

바나나나무의 넓은 잎이 바람에 살랑살랑, 그 모든 것들이 '평화'라는 주제의 그림 속에서 아름다운 조화를 이루고 있었다.

나는 마당 입구에서 호흡을 고르고 목소리에 힘을 실어 "이레나! 이레나!"를 불렀지만 어떤 기척도 느낄 수 없었다. 소식을 듣고 달려온 아기 엄마는 일주일 전과 달리 나의 방문을 그다지 반가워하지 않았다. "왜? 무슨 일이야?" 다그치듯 물었으나 무표정이다. "아기는? 이레나는 어딨어?" 머리를 좌우로 흔들던 여자가 바나나 밭쪽을 가리키며 뭐라 했더라, "이레나는 자고 있어요. 저기서~." 곁에 있던 이레나 큰언니 엘레나가 마당 끝으로 달려가 바나나나무 그늘 밑 세숫대야 하나 엎어놓은 크기의 작은 흙더미(무덤) 앞에 섰을 때 아기 손가락만 한 나무 십자가가 없었다면 전혀 눈치 채지 못할 뻔했다.

"그러니까 저것이 무덤이라고? 아니 그게 무슨 말이야? 세상에 초라하다 못해 아무것도 아닌 것 같은 저것이 무덤이란 말이야?"

혼잣말로 중얼거렸다.

나는 참을 수 없을 만큼 슬퍼서 그것을 현실로 받아

들일 만큼 냉정을 찾지는 못했다. 다만 아무 말이라도 하거나 소리를 지르거나 그렇게라도 해야 할 것만 같았다.

"삶은 바나나를 으깨어 입에 넣어주면 좋아했어요. 엄마가 그러는데 하늘나라에 가서도 배고프지 말라고 바나나밭에 이레나를 심어줬대요."

열 살 언니의 말에 나는 소름이 돋았다. 눈을 감아도 가족들 곁에 두고 싶은 마음이 저런 걸까. 나의 중얼거림은 계속되었다. "다행이구나, 이레나, 너무 어려 걸음마조차 배우지 못한 너를 네 엄마가 멀리 보내지 않아서~."

이레나가 하늘로 떠났다는 사실을 현실로 자각하는 순간 비로소 참았던 눈물이 터졌다. 나는 아무 준비도 없이 맞은 너무나 충격적인 소식에 '어떻게, 어떻게,'를 연발했지만 아기 엄마는 여전히 무표정했고 말이 없었다. 이레나 말고도 세 아이가 더 있었는데 아이들은 시종 내 곁에서 예쁜 동생이 그곳에 잠들어 있다는 사실만을 거듭 확인시켜 주었다.

사탕을 달라고 조가비 손을 내밀던 이레나가 일주일을 못 기다리고 그곳에 묻힌 것도 모르고 인연이 끝났다면 나는 지금보다 행복했을까. 그날 나는 왜 나답지 못하게 아이가 그렇게 먹고 싶어 했던 사탕 하나를 주지 못해 가슴이 터질 것 같은 한을 남긴 걸까. 이제 누구도 시간을 일주일 전으로 되돌릴 수 없다는 걸 알면서도 후회와 탄식으로 무장한 이 뻔뻔한 감정의 정체는 또 무어란 말인가. 이미 끝난 일이라며 냉정을 찾으려 했지만 도무지 마음을 추스를 수가 없었다. 다만 예기치 못한 이런 슬픔은 내 삶에 아주 드물게 찾아오는 가혹하기 짝이 없는 벌이라는 것만 짐작할 뿐.

케냐 마사이족은 성년의식을 치른 남자(모란)를 제외하면 남녀노소 헤어스타일은 민머리를 고집하나 모란과 어린아이만은 예외다. 아이가 태어나 예닐곱 살이될 때까지 뒤통수에 동전 크기 정도의 꽁지머리를 남겨둔다고 한다. 유아 사망률이 높은 그곳에서 아이가 죽으면 좋은 곳으로 데려다줄 신이 아이의 꽁지머리를 놓치지 말고 끝까지 잘 잡고 가달라는 의미란다. 사망률이 얼마나 높으면 이런 관습까지 생겼을까. 그렇다면 에이즈에 걸린 부모에게서 태어나 영양실조로 걷기는커녕 혼자 앉지도 못한 채 꽁지머리를 가질 시간조

차 주지 않고 눈을 감은 이레나는 어느 신이 어떤 방법으로 하늘나라로 데려가 줄까. 부디 그들 신께서 머리를 대신해 잡은 손 끝까지 놓지 않고 잘 데려가 주었기만을 바라고 바랄 뿐,

하쿠나 마타타(걱정 마, 다 잘될 거야)~ 콧노랠 흥얼거리며 마을을 다시 찾아갈 때와 달리 이레나가 잠든 흙더미 곁에서 지칠 대로 지친 나는 서둘러 돌아가야 하는데 몸이 말을 듣지 않았다. 한참 후 정신을 차리고 이레나에게 가지고 온 사탕을 주려고 가방을 열었을 때 큰언니 엘레나가 먼저 고개를 흔들었고, 뒤에서 지켜보던 동생들도 같은 눈짓을 보냈다.

"왜? 이레나에게 사탕을 주려는데~."

"안 돼요."

잘못 들었나 싶어 되물었다.

"왜 안 돼?"

"여기에 사탕을 두면 아이들이 훔쳐갈 거예요."

신이 존재한다면 이들을 외면하지 말아야 하는 거 아닌가. 그 와중에도 나를 지켜보던 아이 엄마는 사탕봉지를 자기에게 달라며 내민 손을 거두지 않는다. 나는 사탕과 학용품 외에도 내가 쓰던 스카프, 티셔츠, 점

퍼, 머리핀 등 줄 수 있는 모든 것을 꺼내 그녀의 치마폭에 담아주었다. 곁에 있던 아이들은 좋아서 팔짝팔짝 뛰고 무표정으로 일관하던 그녀의 눈에서 그렁거리던 눈물이 뺨을 타고 흘러내렸다. 아무리 낙천적이라 해도 자식을 잃은 아픔만은 예외가 없나 보다. 그렇지, 그래서 어미인 거지, 너도 어미고 나도 어미니까, 울 자격이 없어도 울어야 해, 울어서라도 답답했던 가슴이 후련해질 수 있다면. 나는 진심을 다해 어미 된 마음으로 자식 같은 그녀를 안아주며 손수건을 꺼내 내 눈물과 그녀의 눈물을 번갈아 가며 닦았다.

차례를 기다렸다는 듯 과자봉지를 안고 서 있던 아이들도 와락 내 품으로 안겨왔다. 안녕이라는 인사를 끝으로 돌아서는데 일주일 전과는 비교할 수 없는 무거운 슬픔이 내 발등에 매달려 걸을 수가 없었다. 이곳에 다시 올 수 있을까. 그런 생각은 하지 않았지만, 다만 내 입술에서 끝없이 리플레이되던 울음도 아니고 기도도 아닌 진언 같은 말 '이레나, 아가야, 아가야, 미안해, 정말 미안해.'

꽃은 고통이 되고 고통은 빵이 되고

하우라 꽃시장은 새벽에 오픈하여 아침이면 문을 닫는다. 당일 소비할 꽃들이 밤새 달려와 도매에서 소매까지 다양한 거래가 이루어지는 이 꽃시장은 어느 꽃시장보다 활기차다. 며칠째 나는 새벽잠을 반납하고 카메라 가방을 챙겨 게스트하우스를 나와 택시를 타고 꽃시장으로 향했다.

제대로 된 한 컷을 꿈꾸며 카메라를 목에 단단히 걸고 한나절은 족히 무거운 꽃짐을 머리에 이고 복잡한 시장골목을 달리듯 걷는 노인을 따라다녔다. 몬순이라 고온다습한 더위가 기승을 부리면 꽃들은 금세 시들고 꽃이 시들면 상품가치를 잃게 되니까 해가 중천에 뜨기 전 부지런히 짐을 날라야 하기에 노인의 걸음도 빨라질 수밖에, 가끔 손목에 묶어둔 수건으로 땀을 훔치긴 했으나 그는 새벽부터 자신의 뒤를 쫓는 낯선 여자를 귀찮아할 겨를조차 없어보였다.

꽃시장 터줏대감인 부자상인들은 짐의 무게와 빵의 양은 비례한다고 입을 모은다. 시간이 갈수록 고통으로 일그러지는 노인의 얼굴, 그 리얼한 표정을 담고 싶었다. 꽃을 나르는 고통이라니, 누군가의 행복을 위해 다른 누군가는 땀과 고통을 바쳐야 하는, 모순되지만 그것이 하우라 꽃시장을 지키는 사람들의 삶인 듯했다.

선물상자나 축하의 자리, 혹은 파티에 꽃 없는 그림을 상상해 본 적 있는지를 묻던 어느 꽃꽂이 강사의 질문이 생각났다. 꽃은 주인공을 돋보이게 하는 배경이면서도 주인공으로 손색이 없다. 꽃이 얼마나 아름다우면 수많은 인도의 신들도 지상에서 가장 아름다운 꽃은 그들 신전에 바치라 했을까. 꽃이 얼마나 귀하고 완벽하면 가장 좋은 것, 최고인 것은 죄다 꽃에 비유했을까.

그날은 다리가 후들거리도록 노인을 쫓으며 셔터를 눌렀지만 기대했던 사진은 얻을 수 없었다. 당연한 결

과가 아닌가. 노인은 한 가족의 생계를 담보로 얼굴이 일그러지도록 짐을 나르는데 나란 여행자는 사사로운 욕심에 눈이 멀어 노인의 고통을 외면한 파렴치함을 인정했고, 고민 끝에 며칠 일당에 해당하는 루피를 드리는 것으로 마음의 짐을 덜었다.

그 여행이 끝나고 집으로 돌아와 그날 찍은 사진들을 수없이 봤으나 역시였다. 바라는 사진을 쉽게 얻었다면 나의 교만은 하늘을 찔렀을지도 모르나 그럴 수 없었기에 겸손과 감사를 배우는 시간이었다. 나의 자존감을 굴복시킨 바로 그 사진이 지금 내 손에 있다. 누구는 이 사진을 통해 노인의 머리를 짓누르는 짐(꽃)을 볼 것이고 누구는 휑한 눈을, 누구는 짐을 움켜쥔 마른 손을 보겠지만 나는 머리에 인 짐으로부터 가장 먼 곳에 있는, 몸의 중량을 감당해야만 하는 상처투성이 노인의 맨발을 잊을 수가 없다.

이스탄불을 추억하다

터키 이스탄불, 아시아와 유럽을 잇는 보스포루스 해협, 나는 카푸치노 한 잔을 탁자에 놓고 노을을 기다렸다. 내가 방문한 도시 중 가장 인상적인 뷰를 가진 커피점 SB, 보스포루스 해협 건너 신도시 모스크에 일제히 들어오는 조명은 화려하고 활기찬 이스탄불의 밤을 알리는 큐 사인 같았다. 발밑으론 바닷물이 거칠게 찰랑거렸다. SB 커피는 맛도 그렇지만 비싸다는 편견도 한몫해 별로 선호하지 않았으나 여행자의 신분으로 가끔은 나를 위해 뭔가를 해야 한다는 책무로 그곳을 찾아가지 않았나 싶다.

SB 위치 정보는 가이드북에서 얻었는데 막상 찾아가 야외테라스에 자리를 잡고 앉으니 커피값 따윈 까맣게 잊을 만큼 뷰가 좋다. 건너편 테이블 손님과는 두어 번 눈이 마주쳤다. 그토록 아름다운 곳에 그도 혼자 나도 혼자다. 그러나 얼마 후 종업원이 케이크 두 조각을 내 테이블에 놓으며 "앞자리에 신사가 손님에게 전해달래서~." 종업원의 말이 채 끝나기 전에 머리를 들어보니 신사는 자리를 비우고 없다. 비로소 조금 전 나를 바라보던 그의 시선이 일반 손님과는 달랐다는 것을 알았다. 중절모를 쓴 그는 머리카락은 백발이었고 회색 슈트에 흰 구두를 신은 초로의 신사였다. 그분도 나도 가벼운 눈인사만 나눴기에 서로의 국적이나 이름 같은 건 알 수 없었지만 분위기가 일본 국왕을 연상하게 했으니 아마도 일본 신사이지 않았을까.

두어 시간 그 자리를 지키는 동안 유람선이 지날 때마다 보스포루스 해협에 비치는 이스탄불의 야경이 얼마나 찬란한지 넋을 놓을 지경이었다. 케이크는 남은 커피가 있어 한 조각은 먹고 남은 한 조각은 테이크아웃 해 늦은 밤 숙소 옥상에서 오르한 파묵의 『내 이름은 빨강』이라는 책 속에서 매우 사실적으로 묘사한 이스탄불의 밤풍경을 내려다보며 야참으로 즐겼다. 비싼 커피를 반 이상 남기고 나온 그곳을 다음 날도 가고 싶었던 건 단지 커피가 맛있어서, 풍경이 멋져서만은 아니라는 것을 아는 사람은 알 것이다.

그로부터 몇 년 후 작은딸이 이스탄불에서 일을 하게되었고, 그곳 커피점에 대한 이야기를 나는 한 번도 한 적 없지만 어느 날 딸이 보내준 사진 속에는 우연히라고 믿기엔~ 보스포루스 해협의 출렁이는 물살이 그대로 전해지는, 그날 커피를 마시던 바로 그 자리에서 찍은 사진(놀라운 건 건너편 노신사가 앉아있던 그 자리까지 담긴)을 보내와 잠시 추억에 젖게 했다. 딸아이는 한때 제 어미가 같은 자리에서 어느 동양인 노신사의 친절로 잠시 마음의 감기를 앓았다는 걸 상상이나 할까.

담푸스 마을의 그녀

행복은 행복으로서 역할이 있는 거고, 슬픔은 슬픔으로서 할 일이 있다고 했다. 어떤 의미인지 선뜻 이해가 되지 않아 가이드가 번역해 준 말을 곱씹고 또 곱씹었다. 지금 자신들의 삶은 오래전 그들의 신이 정해놓았기에 인간의 의지로는 바꿀 수 없단다. 누구나 최고 신분 브라만Brahman이 되고자 하나 수드라Sudra나 불가촉천민으로 사는 것도 신의 뜻이라면 기꺼이 수용할 수밖에 없다는 것. 그러나 다음 생에 무엇으로 태어나고 싶은지 신이 자신에게 선택권을 준다면 장미꽃으로 태어나고 싶다고 했다. 내가 본 그녀는 장미보다 더 고운데 본인은 그렇게 생각하지 않나 보다.

담푸스 마을에서도 그녀가 사는 곳은 안나푸르나 산

군을 파노라마로 볼 수 있고 돌담가엔 붉은 칸나와 살구꽃이 동시에 꽃을 피우는 최고의 뷰를 가진 집이었다. 그곳 원주민들은 새벽에 눈을 뜨면 몸을 단정히 한 후 이마에 붉은 띠까를 바르고 향을 피워 힌두신께 예를 드리는 것으로 하루를 시작한다. 웃음이 많은 그녀는 아침마다 아궁이에 불을 피워 정성껏 찌아('밀크티'로 네팔에선 '찌아' 인도에선 '짜이')를 끓여 준비해 놓고 나를 기다렸다. 나도 잠이 깨는 대로 밖으로 나가 안나푸르나 봉을 향해 '나마스떼!'로 예를 드리고 나서 그녀의 집으로 가 출근도장을 찍었다. 사흘째 되던 날부터 나는 그 집 아이들에겐 비스킷 같은 간식거리를, 그녀에겐 믹스커피를 나눠주었다. 당연한 듯 매일 찌아를 대접받는 일이 염치가 없어 그런 물물교환을 생각해낸 것.

아침마다 나는 그녀가 끓여주는 찌아를 기다리고 그녀는 내가 가져다주는 믹스커피를 기다리는 날이 며칠 더 이어졌다. 하루는 커피를 주면 그렇게 좋아하던 그녀가 왜 내 앞에서 커피를 마시지 않는지를 묻고 말았다. "커피가 맛이 없나요? 왜 커피를 안 마셔요?" 얼굴이 빨개지며 아니란다. "그럼요?" "사실은, 남편이 한

국커피를 너무 좋아해서 아껴뒀다가 오후에 남편이 돌아오면 주려구요." 답은 의외였다. 밥은 굶어도 차는 굶지 않는 그들에게 찌아는 신분의 고하를 막론 하루 시작의 필수의례다. 일단 차가 완성되면 손가락으로 세 번 찍어 신께 드리고(우리의 고수레와 비슷한 의식) 그 후 어른 순으로 차를 따른다. 그들을 보며 내가 집을 지키지 못해 남편의 모닝커피를 준비 못 하는 대신 그녀가 이 고산에서 그의 남편이 마실 커피를 끓이고 있구나, 그리 생각하니 그것도 나쁘지 않았다.

담푸스를 떠나던 날 아침 나는 남은 커피를 그녀에게 주었다. 이번엔 남편과 함께 마시라고. 아쉬웠지만 다시 보자며 손가락을 걸고 굿바이 인사를 했다. 산마루에 서서 내가 아랫마을로 사라질 때까지 손을 흔들어 주던 그녀.

일상에서 중요한 의식이 하루 첫 차를 마시는 시간인데 여행 중이라면 그 의미는 배가 된다. 생각해 보라, 밤새 오돌오돌 떨다 아침이 되면 7~8천 미터 높이의 설산이 손에 잡힐 듯 가까운 고산마을 로지 옥상에서 마시는 차 한 잔, 지상에 이보다 더 거대하고 아름다운 뷰를 가진 찻집이 어딨으며 누가 감히 차의 맛을 탓할 수 있으랴.

나는 담푸스를 다시 가는 데 6년이 걸렸고 재방문 때는 전에 찍어둔 사진과 믹스커피를 선물로 챙겼다. 어린 딸과 안나푸르나를 배경으로 찍은 6년 전 사진을 보며 행복해하던 그녀, 설산 아래에서 그녀와 나눠 마시던 찌아와 커피, 내가 그녀를 못 잊는 건 히말라야를 못 잊는 의미와 같다. 사람과 커피, 억지로 이유를 만들면서 좋아하거나 싫어할 필요가 있을까. 좋으면 그냥 좋은 것이다.

여행은 우리가 살고 싶은 삶을 몇 시간 혹은 며칠로 축약한 압축파일 같은 건 아닐까. 좋은 여행지에서 마시는 차 한 잔의 의미란 새로운 길을 열어주는 틈이고 쉼인 동시에 피안의 문을 여는 일종의 열쇠 같기도 하다. 그것이 차(커피)가 가진 힘이 아니고 무엇이랴.

내 꿈은 자연주의자

여중생이 되고 때늦은 사춘기가 찾아올 무렵 나 자신에 대한 반항으로 성적은 바닥을 면치 못했으나 한 과목만은 예외였다. 나는 영어시간을 기다렸다. 시골에 살면서 다른 나라 언어를 배운다는 건 신대륙을 발견하는 사건만큼 가슴을 뛰게 했다. 시절이 시절이니만큼 여고를 나와 대학교를 졸업하더라도 외국인과 대화를 하거나 해외여행은 꿈조차 꿀 수 없었지만 호기심과 재미로 좋아하게 된 영어는 만점 주위를 맴돌았다.

막연했지만 나는 자연주의자가 되고 싶었다. 내추럴리스트〔자연주의(naturalism)를 표방하는 자연주의자(naturalist)는 옷을 입지 않고 맨몸으로 생활하는 것이 자연스럽고 건강에도 좋다 믿으며 그리 생활하는 누디스트(nudist)와는 조금 다르다.〕가 꿈이었다. 우연히 대학생 언니와 같은 방을 쓰는 친구 집에 놀러 갔다 처음으로 성인잡지에서 아마존 원시 부족들의 삶을 보게 되었는데 중요한 부분만 가린 채 알몸으로 생활하는 그들 모습을 보면서 야릇한 끌림을 느꼈고 나도 그렇게 살고 싶었다. 그러려면 이곳을 벗어나 아무도 나를 알아보지 못하는 더 깊고 은밀한 세계로 가야 한다는 욕망과 망상에 시달렸지만 그것을 현실로 만들기엔 나의 조건은 너무나 불리했다.

문명을 멀리하고 자연과 영적인 대화를 나누고 최소의 물질로 의식주를 해결하며 최소의 사람을 만나고 최소의 공동생활로 자유로운 삶을 사는 자연인, 내추럴리스트, 자연 속에서 자유롭게 사는 것을 꿈꾸는 생활이 아니라 그냥 자연이 되는 생활, 가장 본능적이고 원시적이고 동물적이며 야만적이고 야생적인 삶, 과연 이것이 가당한 일인가.

어쩌다 결혼을 했고 가정을 이루어 두 아이의 엄마가 되었다. 내게 결혼이란 또래 친구들이 생각하는 구속이 아니라 가난과 외로움에서 벗어나는 희망의 사다리였달까. 대가족 속에 피곤한 일상을 이어갔지만 그런 와중에도 호시탐탐 탈출의 기회를 엿보았다. 막막했던 꿈을 현실로 만들기 위한 연습의 첫 단계가 금 밖으로 나가보는 것, 그것은 잠시 미지의 세계로 떠났다 제자리로 돌아오는 여행이라는 이름의 일시적 가출이었다.

자연주의자(naturalist)가 되려면 문명을 박차고 브라질 아마존이나 콩고 밀림의 원시부족을 이웃으로 둘 수 있는 오지로 가야 하는데 어느 날 거짓말처럼 잠자리 날개를 가진 비행기에서 내리니 어깨가 산만큼 넓은 마오리족 남자가 꽃을 안기며 웰컴 뉴질랜드란다. 나는 이제 막 말을 배우기 시작한 아이처럼 몇 마디 그들의 언어를 숙지하고 자연주의자들이 작은 공동체를 이루고 산다는 남섬 작은 타운을 향해 가면서 '괜찮을 거야, 괜찮을 거야'를 수없이 되뇌면서 걸음을 재촉했다. 그곳이라면 내가 가진 본성, 어떤 부끄러움에서도 자유로울 수 있을 것 같았다. 부자거나 가난뱅이거나 계급이 존재하지 않는 곳, 울음을 터트리며 처음 세상에 올 때처럼 벗으면 균등해진다는 말을 믿어보고 싶었다.

"하이! 난 라이오닐."

"내 이름은 킴, 서울 코리아에서 왔어요."

"환영해, 그런데 이곳이 뭘 하는 곳인지 알고 온 거

니?

"알죠."

"그렇다면 설명은 생략할게, 우선 이제부터 자유롭
게 벗어도 돼, 아니 옷은 벗는 게 좋아, 벗으므로 균등
해지고 자유로워진다는 걸 아는 사람들이 모인 이곳은
우리들의 낙원이니까. 저기 친구들을 봐, 모두가 알몸
이잖아. 할 수 있겠니?"

"Of course."

내 목소리는 필요 이상 과장되어 있었다. 가슴에 대
못처럼 박혀 있던 응어리가 폭발의 힘을 보여주는 순
간이었다. 어떻게 이곳까지 왔는데, 나는 어떤 미션이
주어져도 잘 할 수 있을 것 같았다. 그런 나의 자신감
을 라이오닐은 만족해했고 그들 클럽에 제 발로 찾아
온 한국인 최초 게스트를 진심으로 환영해 주었다. 오
피스에서 간단한 인적사항을 적고 키를 받아 내가 머
물 방을 찾아가니 문 위에 잠꾸러기 코알라 사진이 붙
어있었는데 방 이름도 그림 그대로 '코알라'였다.

어느덧 해가 기우는 시간, 침대에 배낭을 던지고 몸
에 달고 있던 모든 것을 벗어던지고 바다로 뛰어들어
오랜 바람이 현실이 되는 바로 그 순간, 그간의 기우를

가뿐히 지워버린 자유와 해방감,(그때의 감정을 어떻게 표현해야 할지, 그 답은 시간이 흐른 지금까지 미답으로 남아있다.) 그래도 해결하지 못한 저 깊은 심연에 씹다 버린 껍처럼 달라붙어 있던 자존감은 어둠이 해결해 주었다. 주위에 물놀이를 하던 이웃들이 신입 게스트가 흔치 않은 아시안이라는 걸 알고 여기저기서 웰컴으로 환호해 주었다. 그것은 그들과 내가 같은 종이라는 사실을 느끼게 하는 매우 자연스러운 의식이었다.

그곳에서의 하루하루가 현실인지 꿈인지 확인하기 위해 허벅지를 꼬집어 보기를 몇 번, 옷은 밤중에 서늘해지면 몸을 감싸주는 헐렁한 면 소재 원피스 하나면 족했다. 나는 그들과 어떤 경계도 없이 골프와 수영을 즐기고 선탠을 하거나 유클립투스 나무 그늘을 찾아 독서를 하거나 라이오닐 아저씨가 운영하는 농장에서 하루 두 시간 마트에 납품할 아스파라거스 수확을 도왔다. 무엇보다 최소의 것으로 생활을 이어가는 구체적인 방법들을 실천함으로써 그동안 내가 얼마나 필요 이상의 것을 탐했으며 그것을 소유하기 위해 귀한 시간을 노동에 바쳐야 했는지 깨닫는 계기가 되었다. 그곳에 머무는 3주 동안 나는 한 번도 타운을 벗어나지 않았다. (바깥세상이 궁금하지 않았으므로) 사실 내가 꿈꾸던 원시적 본류와는 거리가 있었지만 평소 여행과는 차원이 다른 경험을 했다는 것으로 만족했다. 좋은 기후는 물론이고 적당한 개인주의와 편견 없는 시선, 다소 차갑고 이기적인 듯해도 필요할 때 손을 내밀면 자기 일처럼 도와주는 세련된 프렌드십, 처음이었으나 오래전부터 공동체 생활을 해온 것처럼 그들과의 동거는 익숙하고 편했다. 그곳 타운은 유럽이나 주변 국가에서 연인이나 가족 단위로 방문하여 짧게는 며칠 길게는 1년 이상 머물다 가는 사람도 있었다. 3주가 빛처럼 흘러가고 그곳을 떠나는 전날, 한여름 해변가 타운에서 벌어진 크리스마스 파티는 내 생애 가장 환상적이고 아름다운 축제로 남아있다.

그 여행은 1년에 3분의 1을 여행자로 살아보겠다는 결심을 굳히는 계기가 되었다. 가보고픈 미답의 세계는 무장무장 늘어나는데 그럼에도 뉴질랜드를 여섯 차례나 더 방문한 이유를 여기서 굳이 설명할 필요가 있을까.

돌아보면 살아있다는 생명감, 존재감을 극명하게 느

낄 때는 애써 자연인이 되려 하기보다 일시적이라도 환경을 바꿔 스스로 자연의 일부가 되어보는 것도 중요하지 않을까 싶다. 달빛 아래 사하라사막에서 노숙, 낮 동안 따듯하게 데워진 모래밭을 맨몸으로 뒹굴어보는 것, 바간의 달밤은 또 어땠는가. 루앙프라방 메콩강 물에 각 나라 여행자들과 하나로 어울려 몸을 적시고 비 오는 마날리 숲에서 느꼈던 짜릿함, 말라위 호수에서 원시 처녀들과 백인 노부부와의 물놀이, 리우의 새벽 바다를 온몸으로 헤엄치던 날들, 그 순간순간들이 문화와 관념과 권태라는 일상적 감옥으로부터 탈출을 감행하게 한 유일한 희락이었음을, 마음보다 몸이 먼저 늙어가는 지금, 한때나마 꿈꾸던 원시야만의 삶, 내추럴리스트가 되고자 했고 내추럴리스트였음을, 비로소 고백하는 나는,

사자의 허니문

드문드문 아카시아 나무가 자라는 웅덩이 주변으로 코끼리, 누, 얼룩말, 임팔라, 타조가 적정 거리를 유지한 채 한가로이 풀을 뜯었다. 세렝게티 초원 사파리 마지막 날 아침, 치타가 사냥한 임팔라를 나뭇가지에 걸어놓고 숨 고르는 걸 지켜본 후였다. 저만치 하나둘 사파리 차량이 모여들었다. 일주일 정도 지속된다는 허니문 중인 사자 한 쌍이 이제 막 거사를 치를 모양이다. 그날의 운도 있겠지만 경험 많은 기사일수록 당연 빅5(사자, 코끼리, 표범, 코뿔소, 버펄로)를 찾을 확률이 높단다. 그런 이유로 이 사파리명이 '드라이브 게임'이다.

허니문은 인간이든 동물이든 생을 통틀어 가장 황홀한 시기다. 사자의 핑크빛 무드를 방해하지 않으려는 듯 모든 사파리 차량은 시동을 껐고 초원에는 사자의 거친 호흡과 인간이 누르는 셔터 소리만 들렸다. 암사자가 사냥과 육아를 전담한다면 수사자는 한량 같아 어떻게든 암컷을 꼬드겨 선수 생활만 잘하면 된다더니, 아니나 다를까 수사자가 더위에 지쳐 곤히 자는 암사자를 능란한 스킨십으로 흔들어 깨우고는 드디어 작업개시. 그야말로 대초원에서 이루어진 한낮의 정사였던 것. 수사자는 주변의 동물이나 인간 따위 안중에도 없었고 유유히 그러나 다소 거칠게 달려들어 일을 마쳤는데 너무 가까이에서 라이브로 관전한 덕분에 사자의 거친 호흡이 그대로 전해졌다.

나는 많은 사파리들이 사자의 허니문에 빠져있는 동안 그것을 지켜보는 사람들의 호기심 어린 표정을 담아 보겠다고 이리저리 몸을 비틀기 시작했다. 다른 차에 탄 여행자들의 야릇하고도 흥미로운 모습들이 프레임 안으로 속속 들어왔다. 탄성을 지르는 사람, 키득키득 웃는 사람, 꼴깍 침을 삼키는 사람, 조금만 더더~로 수사자를 응원하는 사람 등등 참으로 다양한 반응들을 담을 수 있었다. 전후좌우 설명을 생략한 채 그들 표정을 클로즈업한 컷을 보여준다면 어떤 반응들을 보일까.

그날 사진은 동물의 제왕인 사자의 한낮 정사를 지켜보는 인간의 반응이 어느 구경거리보다 흥미롭다는 걸알았고, 모든 동물에게 관음증觀淫症이 있는지는 알 수없으나 인간의 관음증은 딱히 동물과 사람을 구분하지않는다는 사실도 알았다.

사진첩을 뒤적이다 세렝게티 초원의 그날이 떠올랐다. 암컷을 독점하려는 사자에게 어찌 배설의 쾌감만있겠는가. 그리고 어느 시대든 때가 되면 암컷은 종족번식에 대한 갈망으로 끊임없이 수컷의 좁은 어깨를불평하기도 한다지만 딱히 암컷을 독점하는 일이 아니어도 대자연 무한경쟁 속에서 어떤 장애물도 개의치않고 최고 속도로 달려가 당당히 자신의 뜻을 관철하는 수컷이 멋져 보이는 건 나만의 생각은 아니었을 거다.

티타임

아무리 여행이 힘들어도
혼자 외로울래? 함께 시끄러울래? 하고 물으면
나는 전자를 택할 것이다.
본시 외로운 게 인생이라는데
여행이라고 다를까.

화령樺嶺

엄마 나 얼룩말 같지?
작은 녀석 일곱 살 적
아토피로 긁힌 다리 흉터에
자작나무 껍질 같은 흔적이
모두 엄마 책임 같아서

아들 하나 잘 키워 보려고
작명소에서 개명할 이름을 받고 보니
화령樺嶺, 자작나무고개였다
피할 수 없는 운명 같은 이름
자작나무 화樺

그래 상처 없는 생은 없지

상처는 아무는 게 아니라

제 몸에 새기는 것

상처로 상처를 쓰다듬고

서로 기대어 살아가는 것

.

이제 흔들리지 않는 자작나무

겨울바람 속

희게 빛나는 상처들이

수도승처럼 모여 사는 그곳

원대리에 가고 싶다

- 성정현의 시 「원대리에 가고 싶다」 전문

　북몽골, 혹은 백두산 천지 가는 길, 시베리아 횡단 열차를 타고 도착한 바이칼과 타이가 숲, 그리고 북유럽 어디 또 어디… 여행자의 신분으로 내가 만난 자작숲은 한반도의 면적을 뛰어넘고도 남을 것이다. 이즈음 내 의지와 상관없이 여행이 멈춰지고, 나는 도처에 자작숲이 유혹하는 강원도 고랭지 산골마을에 작은 거처를 마련했다. 18년 전쯤의 일이다.

사계절 중 나는 겨울 자작 숲을 가장 좋아한다. 눈이 내려 쌓이고 삭풍에 맨몸을 드러내고 서있는 자작나무를 보면 야생 얼룩말들이 초원을 마구 달리는 그림이 연상되고 나무의 희고 눈부신 목피가 주는 위안은 또 얼마나 환상적인지. 그 자작나무의 유혹, 성정현의 시집을 읽다가 「원대리에 가고 싶다」에서 멈칫했다.

아들 하나 잘 키워 보려고/ 작명소에서 개명할 이름을 받고 보니/ 화령樺嶺, 자작나무고개였다/ 피할 수 없는 운명 같은 이름/ 자작나무 화樺

시인은 말한다. 살다 보면 알게 되고 지나고 보면 그 모든 것이 필연이거나 숙명이었다는 것까지도.

그래 상처 없는 생은 없지/ 상처는 아무는 게 아니라/ 제 몸에 새기는 것/ 상처로 상처를 쓰다듬고/ 서로 기대어 살아가는 것

숲을 관찰하다 보면 알게 된다. 보통의 나무들은 성목이 되는 과정에 곧게 자랄 수 있도록 가지치기를 해

주지만 혹독한 환경에서 자라는 자작나무는 일정 크기
가 되면 자신을 지키기 위해 스스로 가지를 밀어낸다
고 한다. 그 가지가 밀려나간 자리에 새겨진 상처(옹이)
는 자작나무의 눈이 되고 그 눈은 정령이 되어 숲을 지
킨다고.

　　겨울바람 속/ 희게 빛나는 상처들이/ 수도승처럼 모여
　　사는 그곳

　이 행에서 다시 멈춘다. 겨울자작 숲에서 수도승의
이미지를 읽는 시인의 눈은 대체 어떤 눈인가. 아토피
로 고생하는 하나뿐인 어린 아들의 얼룩말 같은 피부
를 보고 개명을 결심한 어미 맘이 수도승의 마음이었
다는 걸 세상의 아들은 알고 있을까.

　피할 수 없는 운명 같은 이름, 화령樺嶺, 지금 우리들
앞을 가로막고 있는 저마다의 크고 작은 자작나무 고
개 화령樺嶺, 자작나무 화樺, 새로운 겨울이 오면 원대
리 자작숲이 그녀에게 기별을 넣으리라, 세상에 단 하
나뿐인 자작나무 껍질에 새긴 초대장을 보내리라. 이
눈부신 겨울파티에 함께하지 않겠느냐고.

베르베르의 붉은 저녁

붉은 땅 베르베르로 가겠네
손바닥을 붉게 물들이고 등도 붉게 문신하고
볼 붉은 아이를 낳고 아이의 붉은 잇몸을 보겠네

붉은 흙으로 붉은 집을 지어 사하라를 건너온
귀한 사람을 위해 넓다란 응접실을 만들고
화덕에 커다란 빵을 굽고 바끌루바를 내겠네

붉은 땅 베르베르로 가겠네

가서, 붉은 벽돌에 설형문자로 사막을 노래하겠네

버킷리스트의 목록이 하나 남을 때까지

베르베르의 붉은 흙집에서

사막으로 지는 해를 보겠네

사하라에 묻힌 낙타의 턱뼈가 붉게 물들 때까지

붉은 모래바람은 사구에서 사구로 옮겨 갈 것이지만

하나 남은 버킷리스트를 열지 않겠네

베르베르의 붉은 저녁.

멀리 사하라 넘어 한 생애, 붉게 물들이는 그날까지

- 김윤배의 시, 「베르베르의 붉은 저녁」 전문

  거기, 시 도입부, 두 발로 걸어서 도착한 터키 북부 고지대 평원, 해바라기와 올리브나무와 야자대추나무가 끝없이 이어지는 대지주의 저택이 연상되지만 후반으로 가면 시리아, 이집트, 중동을 거쳐 아프리카의 가장 윗목 사하라사막 그 어디쯤 베르베르족이 사는 붉은 땅으로 안내된다. 평생 시를 써온 시인은 거기서도 시를 쓰겠다네. 고대인들의 그림문자인 설형문자로 붉은 모래사막에 하늘과 해와 달과 바람과 별만이 읽을

수 있는 시를,

　붉은 땅 베르베르로 가겠네// 가서, 붉은 벽돌에 설형문
자로 사막을 노래하겠네

　"사하라에 묻힌 낙타의 턱뼈가 붉게 물들 때까지"란,
대체 얼마의 시간을 말하는 걸까. 이 질문을 새기고 나
서 시 읽기는 처음으로 되돌아간다. "하나 남은 버킷리
스트를 열지 않은 채" 이 속에는 또 얼마나 소중한 것
이 있을까. 그리고 다시 "멀리 사하라 넘어 한 생애, 붉
게 물들이는 그날까지"라는 엔딩 라인에 다다른다. 무
엇이 시작이며 무엇이 끝인지. 끝이지만 결코 끝일 수
없는, 여기와 거기, 그리고 붉은 사하라.
　붉은 모래산으로 해가 지는 황홀한 풍경을 되새김하
며 오늘 아침 이 시를 필사하고 소리 내어 읽었다. 해
가 지는 붉은 사하라를 기억에서 건져 올리자 손님을
'하늘이 보낸 귀한 선물'로 여긴다는 그들이 생각났고
우리들 눈에 익숙한 아무 장식도 없는 '도브'라는 흰
옷을 입은 낙타몰이꾼 베르베르족 사내가 끓여주던 달
달한 홍차맛이 생각났다.

조금은 뜬금없다 싶지만 사막 가운데서 차 한 잔을 마시기 위해 기다려야 하는 시간이 얼마나 되는지 생각해 본 적 있으신지. 그가 차를 준비하는 동안 손님인 우리가 얼마나 많은 생각을 할 수 있으며, 얼마나 경이로운 풍경과 마주할 수 있는지 그런 생각을 해본 적은?

알라를 믿는 무슬림인 그가 자리에서 일어나 어린 아들을 곁에 세우고 먼 아시아에서 당신이 보낸 손님이 이제 막 당도했음을 고하고 마른 나뭇가지를 주워오고 물을 길러오고 염소젖을 짜고 불을 피우는 과정을 거쳐 차 한 잔이 손에 들려지기까지 시곗바늘은 꼬박 1시간을 이동했고, 찻잔을 비우는 시간 역시 한 시간, 달리 말하면 그들은 그렇게 처음 보는 사람(손님)을 아주 오래 붙잡아두고 싶어 했다. 얼마나 사람이 귀하고 그리웠으면~.

그날 이후 깊은 오지를 방문할 때마다 조급함을 견디지 못해 손사래를 치며 한사코 차 대접을 거절하곤 했던 불손하고 이기적인 나의 언행을 멈출 수 있었거든.

한때 청춘을 걸고 경유했던 사하라사막, 그 붉은 사막을 그리워하며 시를 읽은 후 시인에게 살짝 귀띔해

주고 싶었지. 혹 다음 생이나 다다음 생쯤 붉은 베르베르로 가서 붉은 베르베르인을 만난다면 시인의 시곗바늘은 멈추어 있거나 거꾸로 가는 것까지도 계산해야 한다는 것을.

가보지 못한 루강의 옛 거리

"늙은 거리, 라는 말은 너무도 쓸쓸하잖아,

안아주고 싶어서 걷고 또 걸었다."

인상 깊었던 영화 속 장면을 떠올렸고 나는 무너질 준비를 하고 있었다. 대체 어쩌자고, 그녀가 걸었다는 루강의 옛 거리는 이토록 사람을 아련하게 하는 건지.

늙었다는 말은 너무 아프잖아, 살이 저리고 뼈가 시리댔어. 외롭고 고독하다는 말도 그렇지, 바람의 시간을 견딘 것들은 저마다 고독하고 쓸쓸하기 짝이 없어서 눈물이라는 소금기를 피할 수 없었을 거야. 늙은 거리, 늙은 시간, 이미 늙어서 흩어져 버린 한때의 소중한 추억과 사랑마저도, 삭은 기둥 사이로 켜켜이 쌓인

먼지조차도 화석으로 만들고 마는 늙은 거리를 상상했지,

사람 하나 겨우 비켜설 수 있는 골목 사이로 아침마다 오래전 출발한 새 빛이 도착하고 밤이면 집집마다 홍등이 걸린 목조주택 2층 조그만 창 안에는 푸른 청춘들 침대에 엉겨 밤인사를 나눌 테지, 사랑한다는 고백보다 더 깊은 몸의 언어로 격렬히 다투기도 하겠지. 살아있으니까, 그게 삶이니까.

살다가 살아보다가, 시간이 흐르면 그들도 노인이 되고 영화의 엔딩 장면처럼 조용히 생의 문을 닫겠지. 뜨겁게 살아낸 그들도 마지막 순간을 예감하면 하늘과 대지를 향해 사랑을 소홀히 한 죄를 참회하듯 고백하겠지. 겨울이 끝나면 봄이 오듯, 새싹 같은 아이들이 골목을 뛰며 제 어미아비를 부르고 어른이 되고 다시 나이가 들어 늙었다는 생각이 가슴을 떠나지 않고 맴돌 때, 그러니까 길을 잃겠다고 작정하면 절대로 잃을 수 없는 것이 길인 걸 알 때쯤 잃고 싶은 길은 밖이 아니라 안에 있었다는 것을 알게 되듯,

한 번도 들은 적도 본 적도 없는 타이중 루강의 옛 거리〔老街〕를 미치도록 그립게 하는 글, 대체 "영원히 죽

지 않고 늙은 신의 품처럼, 안기고 싶은" 그 마음은 어디서 발현한 것일까. 루강의 늙은 거리를 걷는 화자의 모습을 떠올릴 때마다 그 위에 오버랩되는 영상이 둘 있다.

영화 〈은교〉에서 주인공 이적요가 독백조로 내뱉던 "젊음이 내가 잘해서 주어진 상이 아닌 것처럼, 늙는다는 것 역시 내 잘못으로 얻게 된 벌이 아니다."라는 대사이고, 다른 하나는 〈화양연화〉에서 양조위를 향하는 마음과 그 오래된 좁고 칙칙한 골목길을 치파오를 입은 장만옥이 국수통을 들고 걷는 느린 화면이다.

거리도 골목도 집도 사람도 시간 앞에선 모두가 늙는다. 육신이 늙는다고 마음까지 그러한 건 아닐 테지만, 세월을 입은 자는 은은하게 깊어지듯 인생도 집도 그런 게 아닐까. 여행자든 아니든 오늘도 누군가는 루강의 늙은 거리를 서성대며 흘러간 사랑을 회상할 테고, 또 누군가는 루강에서 잠시 스쳐간 인연을 떠올리며 이처럼 아름다운 시를 쓰기도 하겠지.

오래된 옛 소읍의 바랜 색이/ 언젠가 어느 거기에 놓고 온 마른 가을빛 같다./ 처음부터 제 곳이었던 흙과 돌 그리고 나무,/ 지나던 빛과 바람이 머물며 몸을 섞었다./ 색은 농염하고 품위가 있다.// 대만 타이중의 루강에는 노가(老街),/ 늙은 거리를 보존해 둔 라오지에가 있다./ 늙은 거리, 라는 말은 너무도 쓸쓸하잖아,/ 안아주고 싶어서 걷고 또 걸었다./ 걷다 보니 엄마 내음처럼,/ 영원히 죽지 않는 늙은 신의 품처럼,/ 내가 안기고 싶었던 거지// 그러고 보니 길을 잃어 본 지가 오래되었다./ 골목, 골목, 길 잃는 법을 배우며 걷게 되는// 여기는 루강의 옛 거리

- 최영실

겨울바다 신두리 사구

푸르스름한 회색, 슬픈 몸뚱어리를 가진

수뱀들이 조용조용 가만가만

육지를 향해 횡대로 밀려오고 있다

수평선 너머에서 출발한 전사들이

긴 몸을 밀며 끌며 멈추지 않고 달려오는 건

지상에 단 하나 가장 건강하고 아름답다는

암컷을 차지하기 위한 소리 없는 전쟁

천신만고 끝에 육지에 닿았으나 기력은 쇠하고

설상가상 그들이 찾고자 하는 암컷도 보이지 않는다

시한부 침묵에 든 썰물의 겨울 태안 신두리 바다

지금은 신이 그들에게 자장가를 불러주는 시간

낙타가 없다면, 두 발로 걷거나 기어서라도 떠나고 싶은 여행이 있다면 사막이다. 강수량이 적어 그냥 메마른 땅이 아니라 오직 '모래'만으로 형성된 드넓은 사막이라면 유혹은 커지게 마련이다. 그렇다면 국내에도 사막이 있다는 거 아시는지. 충남 태안 신두리 바닷가에 있는 야트막한 모래언덕을 일러 '사막' 혹은 '사구'라 하는데, 얼마 전 지금까지 경험한 사막자료를 찾다가 문득 몸서리치게 사막이 그리워 찾아간 곳이 태안 신두리 해안 사구(국내에서 가장 큰 규모며 천연기념물 431호)다.

'사막'이란 단어 자체가 마법이 개입된 인상을 주지만, 신두리 사구는 매스컴을 통해 알게 되었고 방문은 처음이라 내심 기대가 컸다. 지난날 거대한 사막 속으로 걸어 들어가는 동안 실로 감동 그 이상 전율했던 순간들이 많았기에 이 좁은 땅에 사막이라 불리는 곳이 있다는 그것만으로도 흥미로울 수밖에, 그러나 막상 사구 앞에 서니 소인국에 간 거인 걸리버가 어느 부호의 초대를 받아 둘러보는 해안가 조그만 모래정원 같은 인상을 지울 수가 없었다. 을씨년스러운 바람에 눈발까지 날리는 신산한 겨울 오후에 찾아간 신두리 사구는 내 기대를 충족시켜 주지는 못했다.

사구를 걷는 동안 길을 잃고 헤매는 한 마리 도마뱀이라도 카메오로 출현하지 않을까 기대했으나 그조차 여의치 않았다. 대신 접근금지 팻말이 깃발처럼 펄럭이는 가장 높은 사구 아래 바싹 엎드려 사진 몇 장 찍고 긴 덱을 따라 석양을 마중하는 것으로 위안을 삼을 수밖에. 가끔 내가 정말 좁은 땅에 살고 있다는 사실을 실감할 때가 있는데 신두리 사구를 다녀오면서 느낀 소회도 그랬다.

모로코 사하라, 중국 타클라마칸, 칠레 아타카마, 이집트 바하리야 오아시스 백사막, 인도 라자스탄, 몽골 고비, 호주 내륙의 붉은 사막 등등, 이 정도가 지구 면적의 얼마 정도를 차지하는지는 알 수 없지만 이것이 세계 도처에서 내가 만난 모래사막의 메뉴다.

"나는 지금 낙타에서 내려 오래 갈망하던 그곳에 서 있다. 내 눈이 모자라 다 담을 수 없는 사막 한가운데 모래산 정상, 노을이 스며 더욱 붉어진 모래사막에서 별자리를 따라 걷다가 잠을 자본 사람이라면 안다. 지상에 이보다 황홀한 침실은 없다. 어느 크리스털 조명이 저 밤하늘 은하수처럼 아름다우며 그리 뜨겁던 낮과는 달리 어느 난방기가 이토록 알맞은 온도를 유지해 주겠는가. 낮 동안 태양이 군불을 지펴 온몸을 어루만져 주는 따스한 바닥, 모래 위에 고단한 하루를 가지런히 펴고 적막과 고요를 덮고 실컷 한번 자보는 것이 소원이었던 나는, 상처를 위무받고, 어디선가 사막여우가 울고 모래가 떠도는 영혼을 찾아 자리를 바꾸는 소리에 귀가 열리고, 멀리 베두인과 베르베르인이 낙타에 물을 싣고 나를 향해 걸어오고 있다는 예감에 취해 보는 것. 겨울 사하라는 그런 갈증을 채워주고도 남았다. 신神께서도 더러는 장미도 없고 새도 다녀가지 않는 그만의 빈 정원을 갖고 싶어 한다는 것을 황금빛 사하라를 보고 알았다. 사막은 모래에 머리를 박고 울고 싶은 사람만 가는 곳은 아니다. 오로지 한 가지로 이루어진 물질 위에 앉아보고 걸어보고 누워보고 싶은, 사막은 그런 열망을 가진 자들이 뚜벅뚜벅 걸어가 습기를 말리는 곳, 똘똘 뭉쳐 하나가 되는 것이 아니라 모두 흩어져 하나가 되고 끝내는 무화되는, 사막은 그런 곳이다."

- 여행기, '사하라사막' 중에서

프라도에서 만난 피카소

그랑비아는 마드리드 바라하스 공항에서 멀지 않았다. 여름의 정점에 다다른 마드리드의 태양은 뜨거웠다. 스페인은 우리의 의식과 지도상에서 유럽 대륙에 속한 국가지만 실상은 북아프리카와 맞닿아 있는 '태양의 나라'다. 새벽 5시가 조금 넘어 떠오른 태양은 밤 9시가 되어서야 그 열기를 지평선 너머로 가져갔다. 그런 열기를 시원하게 식혀주는 것이 마드리드의 곳곳에 자리하고 있는 분수들이다. 아랍어로 '마엘리트'였던 마드리드는 '물이 고이는 곳'이란 명성에 걸맞게 분수가 많았다. 그중에서도 마드리드 시민들이 가장 아름다운 곳으로 꼽는다는 시벨리스 광장의 분수는 인상 깊었다. 두 마리의 사자가 끄는 시벨리스의 조각상은 웅장하면서도 정교한 아름다움을 갖추고 있었다. 공항을 출발한 택시가 아토차역을 지나던 순간, 스페인 태양이 빚어낸 녹색 가로수 사이로 환하던 황금빛의 입간판.

Picasso-Tradicion y vanguardia

내 눈은 더 이상 아무것도 볼 수 없었다. 그곳에 가야 한다. 피카소에게 공간과 시간은 새롭고 더욱 새로웠을 것이다. 자신이 사랑했던 것을 스스로 폐기할 수 있었기에 피카소의 그림은 몰염치하지만 창조적이다. 전통적이지만 전위적이다. 여러 해 전 파리의 피카소 미술관과 오르세 미술관에서 적지 않은 수의 피카소 작품을 관람하였으나 무언가 모를 목마름, 혹은 허전함이 있었다. 이번 여행에서도 바르셀로나와 그곳 피카소 미술관은 일정에 없었다. 소피아 미술센터의 〈게르니카〉를 생각하지 않은 것은 아니나 일정상 프라도의 엘 그레코, 무리뇨, 수르바란, 벨라스케스, 루벤스, 고야가 우선이었다. 그런데 피카소를 프라도 미술관에서 만날 수 있다는 것은 뜻밖의 행운이었다.

개관 시간이 20분쯤 남아있음에도 매표소는 만원이다. 창조를 위해 파괴를 일삼는 예술가는 선한 의지를 가진 자임에 틀림없나 보다. 신에게 경배하기 위해 만신전에 모여든 신도들같이 시간이 지날수록 프라도 미술관을 찾는 관람객은 늘어만 갔다. 관람객은 유럽의 또 다른 회화적 전통을 가지고 있는 프라도 미술관의 명성을 알고 있을 것이다. 스페인 회화의 전통과 전위성을 피카소와 더불어 확인하고 즐기겠다는 기대 때문인지, 그들은 쏟아지는 양광 아래서도 환한 얼굴이다. 미술관 입구 보안 검색대를 통과하며 나는 피카소의 〈게르니카〉 이미지를 집요하게 재현하여 정신분석학적인 작품들을 발표하였던 뉴욕 화파의 대표적인 화가 잭슨 폴록의 넋두리를 기억했다.

"나쁜 놈! 건드리지 않은 게 하나도 없어!"

유례없이 많은 작품을 남긴 파블로. 그가 표현 양식을 그토록 빈번하게 바꾼 이유는 무엇이었을까. 스스로 그것을 즐겼을 수도 있다. 동시대의 다양한 경향에 민감했던 감수성 때문이었는지도 모른다. 끊임없이 새로움을 추구하던 변덕스러운 성격이 문제였을 수도 있다. 두 번에 걸친 세계 대전의 목격, 그리고 프랑코 독재 정권. 얼마만큼은 역사적 사건들의 흔적을 담고 있다는 점에서 보면 피카소는 분명 '참여 작가'인 듯도 하다. 외설적인 동시에 신비로운 개성의 소유자인 피카소는 생전에 이미 신화의 인물이 되었다. 우리는 그에게서 영원한 생명력을 지닌 존재를 본다. 너무도 파악하기 힘든 그의 세계를 이해하기 위해서는 어떤 열쇠가 필요했다.

"마침표는 신중하게 다루어라!"

엘 그레코의 「삼위일체」와 피카소의 청색시대가 만나는 전시관 입구에서 나는 니체가 말한 문체론을 기억했다. 니체는 호흡이 긴 인간만이 마침표를 사용할 권리를 가진다고 했다. 대부분의 사람들에게 마침표는 허세를 부리는 것에 불과하다. 문체는 그가 자신의 사상을 믿고 있으며, 사고할 뿐만 아니라 느끼기도 한다는 것을 증명해야 한다는 것이 니체가 언급한 문체론의 요점이었다. 나는 니체의 문체론에 기대 창조적인 회화는 시에 가까이 다가가되 결코 시로 넘어들어 가서는 안 된다는 회화론을 마련했다. 시적인 섬세한 감정과 재능이 없이는 어떤 예술도 새로움을 주지 못한다는 것. 나는 피카소에게, 그리고 스페인의 화가들에게 미리 경배하지는 않기로 했다.

프라도 미술관은 수십여 점이 넘는 피카소의 대형 작품을 스페인 선배 화가들의 작품과 비교 전시하였는데, 피카소 작품은 청색시대, 장밋빛시대, 입체주의, 고전주의로의 회귀, 그리고 거장들의 회화를 변형시킨 작품 순으로 중앙 복도를 따라 일직선으로 전시하였다. 그리고 각각의 전환기적 특성을 보여주는 선배 화가들의 작품을 양쪽 벽에 배치하여 피카소의 전통계승과 아방가르드적 특성을 관람객이 쉽게 이해하도록 전시하여 놓았다.

청색시대(1901~1904) 작품은 〈비애〉(1901)와 〈다림질하는 여인〉(1904)이 눈에 띄었다. 절친이었던 카사헤마스의 자살과 생라자르의 여자 교도소를 방문한 뒤 성병 걸린 여자들의 비극적인 인상을 간직한 피카소는 이들 슬픈 형상을 청색의 화폭 위에 펼쳐 일대 전기를 마련했다. 청색시대는 엘 그레코의 가냘프고 왜소한 인물 형상과 만나 슬픔과 고통이 배어 있는 청색을 창조했던 것, 그것은 '스페인 미술학교' 아방가르드의 재발견에서 나온 피카소만의 스타일이기도 했다.

스페인, 시작이 좋다.

시간을 뛰어넘어 불바다에 퐁당 뛰어내린 듯 뜨거운 도시 마드리드, 낮에는 프라도 미술관에서 피카소 〈게르니카〉에 흠뻑 빠져들었고 밤엔 집시들의 춤 플라멩코를 보며 스페인의 열기를 실감했다. 38일 일정으로 스페인 여행의 시작 날임에도 하루해가 기울고 숙소로 돌아오는 길은 마치 스페인의 모든 걸 본 듯한 기분에 사로잡혔다. 밤새 와자했던 골목이 조용해진 건 어둠이 사라질 무렵이었다. 너무 뜨거워 밤 문화가 발달했다는 도시, 새벽은 나무로 짠 겹문을 열고 대여섯 번 밖을 내다본 후에야 찾아왔다.

사랑에 빠지면 가장 돌아가고 싶지 않은 곳이 집이라 했던가, 5층 숙소에서 창 아래쪽을 내려다보는데 온갖 쓰레기와 지린내로 진동하던 뒷골목은 술에 취한 젊은 연인들이 여기저기서 무슨 경쟁처럼 도무지 끝날 것 같지 않은 딥 키스에 빠져 헤어나올 줄 모른다. 어느 사내는 으슥한 구석으로 여자를 밀어 넣고 풍만한 가슴을 터트릴 듯 주무르는 것도 모자라 아예 머리통을 그녀의 가슴에 처박고 있고, 어느 남자는 여자의 아랫도리를 사정없이 더듬는다. 희미한 가로등 아래 밤새 쌓인 쓰레기와 악취 속에서 사랑을 나누는 연인들을 보는 동안, 길에서 보낸 시간 때문인지 생의 비의를 너무 일찍 알아버려서인지 별 동요 없이 정물을 대하듯 물끄러미 내려다보기만 했다는 건 무얼 의미하는 걸까. 죽어도 좋을 세기적 사랑이 아니면 어쩌랴. 지금 청춘을 통과하고 있다면 순간순간 활활 타오르는 것만으로도 충분하지 않는가,

불면의 밤을 보낸 내겐 너무 늦게 도착했고 그들에겐 너무 빨리 와 버린 그날의 새벽. 휘청거리는 걸음으로 여기저기서 환청처럼 들리는 see you, 다시는 봐서도 안 되고 볼 수도 없을 것 같은 연인들이 뒤도 돌아보지 않고 손을 흔들며 골목 끝으로 하나둘 퇴장했다. 날이 밝을 때까지 널브러진 쓰레기 더미 위로 see you가 휴지 조각처럼 날리던 마드리드의 골목길. 당분간은 피카소가 내 머릿속을 떠나지 않을 것만 같다. 내일은 산티아고 순례길의 시작점 생장 피에드포르(St Jean Pied de Port)로 가야 한다. 높은 곳의 그분이 지켜 주시겠지,

"배는 항구에 있을 때 가장 안전하지만, 그것이 배가 만들어진 이유는 아니다."

- 파울로 코엘료의 「순례자」 중

바퀴만큼 유혹적인 존재가 있을까

이구아수폭포로 가는 여정은 지난한 인내를 요구했다. 에든버러가 고향이라는 옆자리 마리아는 27시간의 버스 투어에서 20시간 이상 잠을 자는 신공을 발휘했다. 낮엔 창밖으로 펼쳐지는 풍경이라도 보지만 밤이 되면 그저 막막한 어둠 속으로 달리고 또 달리는데 잠은 안 오고 무엇을 해도 무료하기만 했던 나는 옆자리 잠공주가 부러워 미치는 줄 알았다. 그녀는 과체중에다 얼굴도 그저 그랬지만 잘 먹고 잘 웃고 잘 자고 영어도 스페인어도 술술 척척, 마리아는 누가 봐도 이런 여행에 있어서만은 최적의 DNA를 가진 듯했다. 풍만한 힙은 수시로 내 자리를 넘봤고 창 쪽에 앉은 나는 화장실 한 번 가려면 그녀라는 큰 산을 넘어야 하는 대사가 기다렸다. 인사불성으로 잠을 자던 그녀가 드디어 마법이 풀렸는지 잠에서 깨어 대화를 시작한 건 버스가 종점에 도착하기 한 시간 전이었다.

인생은 반전의 연속이라더니 먼 남미까지 와 버스 투어에서 만난 마리아는 무엇이 그리 좋은지 명랑 발랄 그 자체였고 깔깔대며 웃을 땐 사랑스럽기까지 했다. 버스가 목적지에 도착하자 쿨하게 굿바이 인사를 나누고 배낭을 찾아 숙소로 가려는데 내 바우처를 본 그녀가 말을 걸어왔다. 마리아가 예약한 호텔이 나와 같다며 자기는 택시를 탈 건데 함께 가지 않겠냐고? 거절할 이유가 없었다. 시종 당당하고 자신만만한 표정의 그녀는 여행자들이 붐비는 타운을 벗어나 뒷골목을 향해 앞서 걸었고 30분 거리에 있는 숙소로 데려다 줄 택시를 흥정하기 시작했다. 보아하니 그녀는 흥정의 달인이 아닌가. 마리아는 아이들을 가르치는 초등학교 교사라는데 도대체 못하는 게 뭐야.

막상 택시를 타고 보니 30분이 아니라 10분도 못 가 주저앉을 듯 낡은 소형차다. 기사가 핸들을 꺾을 때마다 구멍 난 바닥 틈새로 흙먼지가 폴폴 날아들었다. 나는 불안해 죽을 맛인데 그녀는 연신 초콜릿을 입에 넣

으며 택시기사와 한 10년 사귄 친구처럼 시시콜콜 수
다(아저씨완 스페인어로, 내겐 영어로)를 떨었다.

"마리아, 넌 불안하지도 않니?"

"뭐가?"

"택시 말이야."

"택시라니?"

"난 아저씨 인상이 맘에 안 들어, 택시는 너무 낡았
고."

그녀는 내가 먼 남미까지 혼자 온 걸로 보아 여행 좀
해본 것 같은데 왜 이게 문제가 되는지 이해할 수 없다
는 표정이었다.

"다른 여행자들은 왜 이 길을 선호하지 않지?"

"왜긴? 풍경은 멋지지만 길이 험하다는 거지, 험한
대신 스릴이 있으니 난 재밌기만 한데~ 차는 굴러가기
만 하면 되는 거 아냐? 좀 전에 택시 바퀴를 봤어, 걱정
안 해도 되겠더라구."

이건 또 뭐지? 나는 마리아의 다음 멘트를 기다렸다.
그런데~,

"바퀴만큼 유혹적인 존재가 있을까?"

뜬금없다 싶었지만 마리아는 자신이 한 말에 고무되

어 있었다.

표현은 하지 않았지만 나도 마찬가지였다.

길은 최악이었다. 차가 뛸 때마다 머리가 지붕을 뚫고 나갈 것만 같았다. 창 쪽 천장에 달린 손잡이를 아무리 세게 잡아도 소용이 없었다. 그 더위에 에어컨도 없고 창문도 제대로 열리지 않으니 감옥이 따로 없었다. 그 와중에도 마리아는 먹고 떠들고 웃고 노래까지 흥얼거리느라 입이 바빴다.

"에든버러에 있는 내 차는 말이야, 23년을 달렸어. 친구들이 제발 차 좀 바꾸라 성화지만 내 생각은 달라. 집은 또 어떻고? 내 동생이 올 때마다 귀신 나올 것 같다며 싫어하지만 나는 상관 안 해, 기능이 다했다면 모르지만 낡은 게 무슨 문제야. 봄날 거실 창을 열고 마을을 내려다보면 높고 낮은 구릉 사이로 파도처럼 출렁거리는 아지랑이들, 비가 내리면 노란 꽃들이 들판을 덮어버리지. 내게 중요한 것은 타인이 보는 내(집 혹은 차)가 아니라 어디에 머물든 내가 보는 것이 무언지가 중요하단 거지. 나는 집을 고를 때 돈도 없지만 겉이 번지르르한 집 따윈 관심 없어. 내가 바라는 집은 근처에 하루 한 시간 정도 걸을 수 있는 숲과 그 숲에서 물 흐르듯 이어지는 작은 호수가 하나쯤 있다면 좋겠어." 속사포 영어를 제대로 이해할 수는 없었지만 들으면서 정리해 보니 그나마 버릴 말이 없다는 것.

염려와 달리 무사히 호텔에 도착했고 각자 룸키를 받고 헤어지는 순간까지 그녀의 따발총 수다는 계속되었다. 버스에서 20시간 이상 실신한 듯 잠을 자는 바람에 심심하다며 내심 불평했는데 그런 그녀를 고마워하게 될 줄이야. 그러니까 겪어봐야 한다지 않던가.

2층 발코니가 달린 구석방 싱글룸으로 들어서자 눈앞에 천둥소리와 흰 물보라를 일으키는 이구아수폭포의 대장관이 기다렸다. 그래, 싱글베드면 어때. 지금 내겐 대부호의 전 재산과도 바꿀 수 없는 경이로운 자연 이구아수가 있잖아. 무엇보다 수다쟁이와 헤어져 본래의 나를 찾았으니 이걸로 된 거지. 이럴 때 혼자 있는 외로움은 얼마나 달콤한지, 아무리 여행이 힘들어도 혼자 외로울래? 함께 시끄러울래? 하고 물으면 나는 전자를 택할 것이다. 본시 외로운 게 인생이라는데 여행이라고 다를까. 내일은 다른 천국이 기다릴 테니 일단 자고 보자, 그런데 멋진 뷰에 홀려 다른 건 생각하고 싶지 않았지만 악마의 목구멍에서 떨어지는 물소리는 커도 너무 크다. 그럴지라도 마리아는 절대 아니지. 혼자 생각하고 혼자 머리를 흔들다 어떻게 잠이 들긴 들었나 보다.

행여 시간이 흐른 후 그날의 그 마리아가 그리워지는 날도 있을까? 나는 아니라는 결론에 이르렀고 적어도 그 여행이 끝날 때까지 마리아는 별로 생각하고 싶지 않은 피곤한 여자일 뿐이었다. 그런데 시간의 힘인가. 7년이 지난 지금 나는 그녀를 그리워하고 있다. 그의 천재성과 유머와 해박한 지식과 발랄한 사교성과 긍정 에너지… 내게는 없는, 그녀가 가진 그 모든 것들이,

유감, 고부열전

네팔 히말라야 트래킹을 마치고 돌아온 지 반년이 지났다. 나 홀로 여행이어서 익숙한 마을을 순례할 때는 손님을 지극하게 대하는 그들이라 때가 되면 기꺼이 밥(달밧)을 얻어먹기도 하는데, 언제부턴가 나도 현지인처럼 조물조물 맨손으로 밥 먹는 일이 자연스러워졌다. 예전 우리 어머니들도 음식 하면 손맛을 강조하셨듯 그들도 음식을 만들거나 먹을 땐 맨손을 쓴다. 물론 네팔(네팔뿐 아니라 아시아 아프리카 등 세계 비문명 국가 포함) 산골에선 대부분의 원주민들은 손으로 밥을 먹는다. 첨엔 손 씻을 물조차 귀한 곳이라 무작정 그들을 따라하기가 민망해 숟가락을 부탁하면서 뒤늦게 알게 된 사실은 어떤 집은 아예 수저가 없다는 것,

채널을 돌리다 재방 '고부열전'을 시청하게 되었다. 중앙아시아 오지에서 경상도 시골로 시집온 그녀는 가족들과 한 상에서 밥 먹는 것을 극도로 꺼려했다. 시집을 온 지 얼마 되지 않아 수줍고 어색한 점도 있었을 것이다. 한국으로 오기 전까지 그녀가 먹어온 주식(우리는 밥, 그녀는 빵)부터 다르고 무엇보다 식사 예절이랄까 문화가 다르다는 걸 이해하고 받아들이기는 쉽지 않았을 테니까.

하루는 대식구가 큰 상에 둘러앉아 밥을 먹는데 새댁인 그녀가 접시에 밥과 반찬을 퍼서 맨손으로 먹었다는데, 그걸 본 시어머니가 놀라 새며느리에게 야단 아닌 야단을 친 이후로 그녀는 주방에서 혼자 식사를 해결한다고 했다. 한 지붕 아래 살면서 밥을 따로 먹다니, 그렇게 꼬이기 시작한 고부관계, 무뚝뚝한 경상도 시어머니는 며느리와 눈도 마주치지 않고 자신이 필요한 말만 했고, 한국말을 몰라 집에 박혀 실어증에 걸린 며느리는 창백한 낯빛에 변명도 제대로 못 하고 죄인처럼 눈물만 흘렸다. 죄가 있다면 가난을 걱정하지 않아도 된다는 달콤한 미끼를 덥석 물어 팔자를 고쳐주겠다 호언장담한 한국남자를 택한 것뿐인데 성격이 급

하고 말이 거친 시어머니는 손으로 밥을 먹고 있는 며느리가 알아듣지 못할 거라 생각했는지 '더러워 죽겠다.' 며 인종차별적인 발언까지 서슴지 않았다.

예전 아프리카가 고향인 흑인들만 노예로 팔려간 것은 아니다. 21세기 첨단을 살고 있는 지금도 국제결혼이라는 미명하에 타이틀만 바뀌었을 뿐, 여전히 사랑 없는 결혼이 공공연하게 거래되고 있다. '맨손으로 밥을 먹는다.', 지금껏 그렇게 살아온 그들의 문화와 관습을 옳다 그르다로 단정 짓는 건 억지다. 칼자루를 잡은 어른이 사랑으로 보듬어주고 하나둘 자상하게 가르쳐 주면 얼마나 좋을까. 잘한다 칭찬은커녕, 지금이 어느 시댄데 손으로 밥을 먹는 며느리에게 '더럽다.' 며 직언을 퍼붓는 시어머니라니, 죄인처럼 머리를 숙이고 있는 내 눈에 비친 어린 새댁은 돈 몇 푼에 팔려온 노예 그 이상도 이하도 아니었다. 가족끼리 저러면 안 되는 거 아닌가. TV를 끄고 저녁 준비를 하는데 속이 부글부글 끓는다.

피켓을 들고 거리로 나가 일인 시위라도 해야 하나, 사랑 따위 없어도 결혼할 수 있다고?

거두절미, 피차 불행한 이런 노예 결혼 난 반댈세.

다큐멘터리 영화〈카일라스 가는 길〉
- 84세 어머니의 아름다운 지구별 여행

"단 한 번이라도 히말라야를 걸어본 사람이라면 당신은 이전의 모습으로 돌아갈 수 없다."

산을 몰라 망아지처럼 몸이 날뛰던 시절, 나를 히말라야에 가도록 등을 떠민 말이다. 카그베니 마을 언덕에 올라 바람에 펄럭이는 룽다 앞에서 설산을 바라보며 감동을 주체할 수 없어 하던 주인공을 보며 생각했다. 이제 당신은 예전의 모습으로 돌아갈 수 없을 거라고.

영화 도입부, 자작 숲을 뒤로하며 눈보라가 추상화처럼 날리는 흑백 톤의 짧은 영상이 인상 깊다. 붙박여 있던 시골집을 벗어나 나를 192km나 달려오게 한 영화는 그렇게 시작되었다. 설명 없이도 배경이 겨울 러시아라는 건 의심할 여지가 없다. 푸르공(승합차)을 타고 광활한 초원을 달리고 달려 도착한 고비사막 홍그린 엘스, 모래산 정상에 오르는 것이 얼마나 힘든 일인지 주인공의 가쁜 숨소리가 현장감을 고조시킨다. 나는 고도를 시각으로 확인하는 것보다 청각으로 확인하는 것이 더 정확하다는 사실을 경험으로 알고 있다.

파미르 하이웨이에서 자전거 여행을 하는 젊은이들을 만났을 때 주인공이 보여주는 모성은 그리 특별할 것이 없었다. 그러나 딸 같은 홍콩 여행자를 대하는 마음은 달랐다. 사탕을 건네며 언제 집에 돌아갈 거냐 물었을 때 '1년 후' 라는 그녀의 답을 나는 얼마나 부러워했는지.

사막이 많은 몽골의 겨울이 얼마나 냉혹한지, 바이칼과 파미르 고원의 겨울바람이 얼마나 매서운지, 주인공은 멋진 풍경 앞에서 선물을 손에 쥔 아이처럼 연신 좋아하다가도 긴 여정에 지칠 때면 조용히 혼잣말로 독백한다. "내 이렇게 힘든 줄 알았으면 안 왔을 낀데."라고. 그 기분을 누구보다 잘 알 것 같은 나는, 그러나 84세 주인공이 자신의 배낭을 자신이 지고 걷는 모습을 볼 때마다 순례자가 아닌 일반 여행자로 느껴지기도 했다.

천신만고 끝에 티베트 라싸 도착, 포탈라궁을 지나 조캉사원에 이르러 현지인 틈에서 오체투지로 부처님께 신고식을 마친 후 수많은 불자들이 험로를 마다 않고 찾아와 기도하는 모습을 바라보던 주인공 표정을 나는 오래 잊지 못할 듯싶다. 그러나 그곳까지 무사히 왔다는 안도도 잠시, 다시 카일라스로 향하는 여정이 이어지고, 그렇게 간절히 만나고자 했던 우주의 중심인 카일라스 봉우리가 초현실주의 그림처럼 손에 잡힐 듯 가까이 있다는 것을 확인하는 순간 터지는 주인공의 기도와 감동.

오십 미터도 채 남지 않았다. '부처님, 제발 저를 허락하여 주옵소서', 걷지 못하면 기어서라도 닿고자 하는 몸부림을 지켜본 관객들은 주체하기 힘든 연민으로 화도 났을 것이다. 저 죽음의 고도를 기어이 오르겠다며 빙판 위에서 놓친 스틱을 잡으려 몸부림치는 어머니를 감독인 아들이 분명 지켜보고 있을 텐데, 아무도 화면 안으로 들어오지 않는 몇 분 몇 초가 영원처럼 흐르고… 드디어 원하는 그곳에 주인공이 섰을 때 나를 비롯한 화면 밖 관객들의 환호가 폭죽처럼 터져 나왔다.

악역은 용기 있는 자가 아니라 가장 사랑하는 사람의 몫이라 했다. 일정한 거리를 유지하며 노모의 고집을 방관하는 듯한 영화 속 아들은 인내의 고수거나 관객의 연민 따위 상관하지 않는 정말 나쁜 아들(감독)일지도 모른다. 그러나 우리네 삶이 그렇듯 아득히 먼 정토로 가는 여정에는 찬란한 태양 아래 벌나비가 춤추는 꽃밭도 있을 것이나 도처에 복병이 도사리고 있다는 것을 모르진 않았을 터,

많은 사람들이 더 높은 산을 더 빨리 오르는 것에 의미를 둔다면 영화 속 아들은 어떻게 하면 노모께서 좋은 컨디션을 유지하며 그 신성한 땅에 조금이라도 더 머물게 할 수 있을지를 생각했을 것이다. 그럴지라도 노모에게 극한의 고통을 제공한 이는 분명 아들이다. 살날이 얼마 남지 않았는데 그간 쌓은 공덕이 부족했다고 느낀 어머니가 슬픔 많고 가난한 아이들을 위해 순례를 떠나기로 마음을 정하고, 둥지를 벗어나 아주 먼 세상의 중심이라는 카일라스를 멀리에서라도 볼 수만 있다면 죽어도 여한이 없을 거라던 간절을 초월한

그 몸짓, 어머니가 순례자라면 감독인 아들은 혁명가일지도 모른다. 그의 악역이 없었다면 어린아이 같은 노모를 그곳에 서게 하는 일은 꿈으로 끝났을 테니,

네팔 카그베니, 몽골 고비사막, 러시아 바이칼, 파미르 하이웨이를 달려 도착한, 가을이 오는 타지키스탄의 아름다운 마을, 사마르칸트, 그리고 '신의 땅'이라는 뜻을 가진 라싸, 여기까지는 40대 후반에서 50대 중반에 걸쳐 나도 쓰러지면서 달리고 걸었던 길이다. 그러나 절대 고도인 카일라스는 나를 허락하지 않았다.

그런데 84세 주인공은 검불처럼 가벼운 노구를 이끌고 끝내 그 정토를 밟았다. 그곳까지 가는 동안 "부처님! 저는 이렇게 아름다운 세상을 보았으니 이제 죽어도 여한이 없습니다."라고 하늘과 대지를 향해 온몸으로 쓴 감사의 고백들, 영상은 황량함 속에서도 아름다웠고 주인공의 대사는 세상 어머니를 대신하듯 따스했으며 가르치려 하지 않았으나 성찰하고 배우게 하는 무언의 교감들, 여기에 더 무엇을 바라겠는가.

학림다방 앞이었다

샘터빌딩을 나와 횡단보도를 건너 2층 학림다방으로 오르는 조붓한 계단 앞에 서면 길을 막고 키스에 빠진 새내기 커플을 만나는 건 드문 일이 아니었다. 그럴 땐 헛기침이라도 날려 '길을 비키시오.'라는 사인을 줘야 하는데 장난기가 발동한 우리는 대단한 구경거리라도 생긴 양 숨을 죽이고 어디 보자며 기다리곤 했다. 전후 사정은 대부분은 잊었지만 여학생과 눈이 마주쳤을 때 뺨이 익은 복숭아빛을 띠었다는 것만은 기억한다.

그 무렵 신춘문예에 당선 통보를 받고 새내기 시인이 된 나는 친구와 약속이 있는 날이면 종로서적을 시작으로 인사동, 대학로 소극장, 마로니에 공원 순례를 마치면 학림다방 2층 창가에 자리를 잡고 언제 나타날지

모를 또 다른 친구를 기다리곤 했다. 비 내리는 만추의 저녁, 2층에서 내려다보는 마로니에 가로수거리는 집에서 살림만 하다 나온 여자에겐 낭만의 충분조건을 갖춘 곳으로 손색이 없었다.

그 시절 우리들 공통의 절망은 오로지 문학[詩], 시를 앓는다는 것은 영혼에 영혼을 문지르는 일이었으나 캐롤 킹, 팝 말리, 존 레논을 좋아했고 애연가에다 애주가였던 그는 술 때문에, 술이 좋아서, 자기를 취하게 하는 세상이 싫어 술로 혁명을 꿈꾼다나 뭐래나. 그러다가 막차가 끊기면 한 사람은 쌍문동으로 다른 한 사람은 사당으로, 서울 북쪽 끝과 남쪽 끝으로 각각 돌아가야 했던 우리는 시를 쓰든 술을 마시든 연극을 보든 변두리 인생을 면치 못했다. 매번 그랬듯 자정이 지나 전철도 버스도 끊긴 후엔 길 하나를 사이에 두고 다른 방향에서 합승택시를 기다려야만 했던 우리, 기분 좋게 취한 친구는 택시가 설 때마다 냅다 고함을 지르는 소리가 길 건너까지 들렸다. 그는 반항아였고 타고난 시인이었다.

"헤이, 아저씨, 블라디보스톡으로 갑시다. 아니다. 더 먼 파타고니아로 갑시다. 타이티도 괜찮고 살구꽃피는 훈자도 좋으니까 아저씨가 알고 있는 가장 먼 곳으로 가주세요." 신용카드가 없던 시절, 얇은 지갑을 흔들 때마다 기사는 답할 가치도 없다는 듯 손님을 골라 태우며 대놓고 승차를 거부했다.

사는 일이 뭔지, 취기로 헛소리만 하던 전날과 달리 아침이면 오뚜기처럼 일어나 출근도장을 찍고 제일 먼저 하는 일이 전화로 "어제 잘 들어갔냐?" 그 한마디면 끝나는 그는 신비과였다. 이제 꿈 같은 건 없어도 살아질 나이가 된 것인지. 언제부턴가 그는 울타리를 벗어나지도 않고 아무리 취해도 더는 블라디보스톡을 외치지 않는다. 나는 그것이 또 얼마나 측은하고 슬픈지.

어느 해 겨울. 몽골 울란바토르를 출발해 그 지루한 시베리아 횡단열차를 타고 도착한 블라디보스톡에서 추위에 언 손을 호호 불어가며 쓴 엽서는 받았는지, 몇 년이 지난 지금까지 아직 물어보지 못했다. 받았으리라, 물처럼 흘러가 버린 시간, 녀석은 괜히 머쓱해 고맙단 말 따위 아예 할 생각이 없었거나 엽서를 받은 사실조차 잊었거나, 그랬을 거야. 그렇지?

찰나

눈빛만이 아닌 영혼까지도 흔들릴 수 있는 게 여행이지,
청춘은 끓어넘치고
길 위에선 무엇을 해도 짜릿하기만 한데
흔들리지 않는 여행이 어떻게 가능하지?

그날 도서관 계단의 금빛 햇살

언제부턴가 나는 도서관에 잘 가지 않는 어른이 되었다. 도서관을 멀리하면서 봄가을 도서관 계단에 앉아 산들바람과 금빛 햇살이 주는 간지러운 행복도 잊고 살았다. 시간이 흘러 내게도 그런 시간이 있었다는 것을, 나는 먼 나라 낯선 도시 도서관 앞 계단에 앉아 회상하게 되었으니,

북유럽의 이상한 나라, 바라는 건 오직 그뿐인 듯 직장인, 청소부, 여행자, 행인들, 남녀노소 신분의 고하를 막론하고 지금 피부에 닿는 햇살만이 전부인 양 해바라기를 하고 앉아있던 도서관 계단의 그 아름답고도 기이한 현장, 그 풍경을 더욱 풍경답게 한 것은 그곳에 나와 앉는 사람들의 반 이상은 손에 책이 들려져 있었

다는 것, 그 풍경 사진 한 컷을 나는 얼마나 오래 도록 간직하고 있었는지,

호시탐탐 일탈을 꿈꾸던 청춘 시절, 내가 나를 유폐하거나 은닉할 수 있는 가장 안전한 감옥이 도서관이었다는 사실을 상기시켜 준 것은 오로라를 보러 간 스톡홀름 도심에서 우연히 마주친 도서관 계단에 나와 햇살을 쬐는 사람들이었다.

잠시 후 건너편 옆자리에 앉아있던 중년의 신사가 일어나면서 나와 시선이 마주치자 가벼운 눈인사를 나누고 정오의 햇살 속으로 사라져갈 때 반대편 자리에 앉아있던 여자가 말을 걸어왔다. "저분 누군지 알아요?" 모른다는 답에 의미심장한 미소를 짓던 그녀도 자리를 일어섰다. 보아하니 다들 점심시간이 끝나 각자 제자리로 돌아갈 시간인 모양. 조금 전까지 책을 읽거나 눈을 감고 햇살에 취해있던 사람들인데 갑자기 시계를 보며 움직임이 빨라진 것이 재미도 있고 신기하기도 했다. 곁에 있던 그녀마저 자리를 뜨면 궁금증을 해결할 길이 없겠다 싶어 "잠깐만요!" 하고, 그녀를 불러세웠다. "말해줄 수 있나요? 조금 전 그 신사 누구시죠?" "우리 국왕님이에요!" 나는 그녀의 답이 너무 비현실

적으로 느껴졌다. 점심시간 일반 시민들 속에서 동행자도 보이지 않았고 경호원으로 의심할 사람도 없었는데 한 나라 국왕이 시민들이 앉아있는 도서관 야외 계단에 앉아 햇빛 샤워로 휴식을 취하고 걸어서 집무실로 돌아가는 나라, 그날 그 계단에 앉아 우연히 그들을 지켜본 모습은 마치 잘 짜여진 플래시 몹flash mob을 유튜브 영상으로 시청하는 듯했다.

그 여행에서 나는 오로라를 보진 못했지만 마음이 부자인 사람들과 아름다운 숲이 있는 스웨덴이라는 나라를 좋아하게 되었고, 내셔널파크가 아니어도 여행을 하다 보면 도처에 휴가를 즐기는 사람들이 가족 단위로 라이딩을 하거나 독서가 몸에 밴 사람들이 숲속 나무 그늘에 그림처럼 앉아 조용히 책을 읽는 모습은 그곳이 얼마나 평화로운 나란지 의심하지 않게 했다. 그리고 무엇보다 그들로 인해 지난날 내가 도서관 계단에 앉아 누렸던 금빛 햇살이 주는 그 작은 행복을 되찾는 계기가 되었으니, 돌아보면 여행이 준 선물이 어찌 이쁜이랴.

자연의 시간

"그림자가 네 키만큼 자라면 하던 놀이를 멈추거라, 그림자가 네 키의 한 배 반쯤 되면 집으로 돌아오는 시간이다. 그림자가 네 키의 두 배 이상 길어지면 곧 어둠이 내린다는 신호이니 그때는 귀가를 서둘러야 한다." 시계를 가질 수 없었던 시절, 내 아버지가 내게 가르쳐 주신 자연시간이다.

시간이 흘러 조그만 계집아이는 여행자가 되었고, 아프리카 작은 시골마을에서였다. 다음 날 아침 10시 같은 장소에서 만나 뭔가를 전해주기로 노인과 약속을 했을 때 나는 시계가 있었지만 시계가 있을 리 없는 옆마을 노인은 어떻게 약속을 지킬 수 있는지 궁금했다. 그날 나는 고개를 기우뚱하며 헤어졌고 다음 날 아침 시간에 맞춰 비닐 가방 하나 챙겨 약속 장소로 나갔더니 방금 도착한 노인이 반갑게 아침 인사를 했다. 노인의 시계는 자신이 있는 곳 어디서나 해만 뜨면 볼 수 있는 자신의 키, 나무, 우물, 담 등등 해를 따라 움직이는 그림자였던 것, 대신 밤에는 달의 크기나 기울기로 날짜와 시간을 계산하고, 심지어 몇 달 후 자식의 혼사를 치르는 날조차 그렇게 정하고 사람들에게 알려준다니 그들의 삶은 자연을 거스르지 않으면서 얼마나 지혜로운가.

추수를 마친 뒷동산, 노을에 발그레하니 물든 고랭지 황토밭길 거닐다 거인 그림자를 만났다. 소인국에 간 걸리버의 키가 이만했을까. 이제 내 그림자가 내 키를 훌쩍 넘다 못해 열 배쯤 자라도 누구도 집으로 가자 재촉하거나 '아무개야, 어서 들어와 밥 먹어야지.' 하는 사람은 없다. 나는 그림자가 사라진 줄도 모르고 놀이에 빠져있다 정신을 차리고 보니 어둠이 와락, 그때 문득 아버지가 생각난 건 몸이 찾아낸 그리움은 아니었을까.

우수아이아*

우수아이아, 들어는 봤니 우수아이아, 이렇게 사랑
스러운 지명이 있었구나. 우수아이아, 세상의 끝이라
는데, 세상의 끝이어서 세상 끝만큼 아름답다는 우수
아이아. 부에노스아이레스 3,063km, 남극 1,000km.
알래스카 17,846km. 불의 땅 티에라 델 푸에고, 마젤
란 펭귄이 사는 남미 대륙의 끝.

몸 안의 기쁨을 불러내 주는 햇살, 몸 안의 슬픔을 호
명해 주는 안개, 어느 계절 어느 시간에 도착하더라도
지금껏 해온 모든 사랑과 이별을 추억하기에 가장 멋
진 날씨가 기다린다는 우수아이아, 누구도 자연을 넘
어설 수는 없다는 걸 보여주는 대목이겠지 아니면 이
미 신의 일에 관여했을 인간들이거나.

그리움이 부메랑처럼 돌아오면, 방황하던 인간들도 돌아오고, 하늘을 떠돌던 새들도 돌아와 마침내 깊어질 대로 깊어진 애증, 이루어질 수 없고 이루어지지 않았기에 사랑이었을지도 모를 그 모든 것들.

우수아이아, 우수아이아, 슬픔을 반납하고 분노를 푸는 곳, 용서를 구하고 용서를 받는 그곳. 우수아이아, 세상 끝인 그곳까지 가서 내 손을 잡아줄 신은커녕 나를 버려줄 신조차 없다는 걸 알았을 때 폭풍처럼 달려드는 외로움, 송곳 같은 바람이 온몸을 찌르고 지나가도 풍경으로 아픔을 잊게 한다는 우수아이아, 우수아이아, 이 빛나는 이름 앞에서 나는 왜 눈물이 날까.

오직 하나, 슬픔을 버리기 위해 사람들은 세상 끝으로 모여들지만 가는 여정이 길고 혹독해 대개는 길 위에다 자신도 모르게 그 슬픔 흘려버려, 남은 슬픔이 그리 크지 않다는 걸 알았을 때 마젤란 펭귄처럼 다시 사랑을 꿈꾼다는 우수아이아.

어느 나라 언어로 발음하더라도 세상 끝을 상징하는 풍경과 아름답기에 슬플 수밖에 없는 이름 우수아이아 우수아이아. 그물에 걸려 올라온 잔고기들이 큰 고기의 미끼가 되듯 사람들은 슬픔을 버리려 그곳까지 와 왜 더 큰 슬픔을 안고 가는 것인지.

* 우수아이아: 세상 끝, 남미대륙 최남단 아르헨티나 티
에라델푸에고주의 주도이다. 티에라 델 푸에고(Tierra del
Fuego)는 스페인어로 '불의 땅'이란 의미다. 왕가위 감독,
장국영(보영), 양조위(아휘) 주연의 영화 〈해피투게더〉에
등장, 더욱 유명해진 곳이다.

저 핏빛 붉은 배롱꽃

광영지, 어쩔거나, 아직 서원으로 들기 전인데 이미
붉은 꽃물로 질펀한 심사라니. 주저주저하다 드디어
배롱꽃 사열을 받으며 서원의 첫 문인 복례문으로 들
어선다. 내 심사가 어떤 조짐에 압도당할 준비를 하고
있었던 걸까. 나대는 심장을 어르고 달래느라 발을 떼
기도 전에 숨이 가쁘다. 눈을 어디다 두는 게 좋을지
모르겠다. 학문에 뜻을 두고 출가한, 그토록 사모하고
연모한 님, 먼발치서라도 보고픈 마음에 험한 길 마다
않고 달려온 처자처럼 주책없이 가슴은 왜 그리 뛰는
지. 복례문 뒤에 몸을 숨긴 광영지를 내 어이 잊고 있
었나 몰라. 그런데 아, 꽃이 졌구나! 지는구나! 목숨을
던진다고 모두가 저처럼 붉고 아름다운 건 아닐 테지

만, 벌건 대낮에 연못을 핏빛으로 물들인 저 분분한 낙화, 배롱나무는 연못에 그림자를 드리우고 색동저고리 처자들은 맨몸으로 환한 9월 오후를 건너고 있다. 아무도 등을 떠밀거나 팔을 끌어당기지 않았다는 걸 안다. 그들 스스로 붉은 치마를 뒤집어쓰고 사뿐히 몸을 던졌다는 걸 나는 알고 있다. 지난밤 병산 너머 낙동강 건너 서원 담 넘어 이곳 광영지에 누가 다녀갔는지 무슨 일이 있었는지, 시간이 흐르면 저 꽃잎들, 나무도 꽃도 아닌 연못의 일부 아니 병산의 저 깊은 골짜기가 될 수 있을까. 오래전부터 그랬듯이 서원을 돌아보고 복례문을 나서는데 노을이, 피보다 붉은 꽃빛 강물이, 아!

향기로 남은 제주

오두막을 짓는다면, 편백 숲이나 삼나무 숲을 생각해 봐야겠다. 두껍고 보드라운 나무껍질이 소리를 흡수해 대성당처럼 고요하다는 삼나무 숲, 내 아무리 고함을 쳐도 소리는 안에서 맴돌 뿐 도망가지 못할 테니까, 살아 천 년 죽어 천 년이라는 전나무 숲도 멋질 거야. 아름드리 전나무는 그 어떤 침입자라도 너끈히 지켜줄 만큼 듬직하잖아. 소나무도 그럴 거야. 굴참나무 숲도 좋겠어. 다산의 열매가 있으니 다람쥐나 새 같은 아가 손님을 불러 모아 외로울 일 없을 테고. 그러고 보니 계절의 전령사인 키다리 잎갈나무 숲도 멋질 것 같아. 연둣빛 봄과 가을 단풍은 숲에서 나를 도망가지 못하도록 꽁꽁 묶어두겠지. 그럴지라도 자작나무 숲 속의 오두막이면 더 바랄 게 없을 거야. 눈 쌓인 겨울 얼룩 말 무늬의 흰 목피를 보며 러시아 툰드라지역이나 아프리카의 대초원을 상상할 수 있다면 그보다 멋진 일은 없을 테니까. 공존, 상생, 조화, 그런 단어를 떠올리지 않더라도 그러니까 숲이란 모든 나무가 함께 사는 곳이니 사시사철 예쁘기만을 바라는 건 욕심이겠지. 숲은 그냥 숲다워야 해, 봄엔 야생화들이 다투어 피어나고 여름엔 저마다의 이름으로 열매를 달고 가을엔 단풍 들고 겨울은 침묵, 생각해 봐, 스스로 이런 변화를 보여주는 숲에 일상을 기댄다면 이거야말로 살아서 누리는 최상의 복이겠지. 딱히 어떤 씨를 골라 뿌리지 않아도 그들은 스스로 조화롭게 때가 되면 알아서 피고 질 테니, 그런 숲 속의 오두막이라면 사철 생명력이 넘치겠지. 그대가 행복하면 나도 행복하듯이 자연과 내가 조화로우면 세상도 조화로울 테고 나아가 우주도 조화로울 테니 더 바랄 게 뭐람,

삼나무 향이 봄물결처럼 흐르는 제주 감귤밭은 해풍 덕분인지 평범한 귤향기까지 싱그러움을 더한다. 며칠째 같은 농장을 찾았지만 좋은 기운만 모여 그런가 향기는 코끝에서 시작해 내장까지 스며들 기세다. 톡 쏘

는 레몬과 달리 귤은 순하고 달큰해 향기도 은은하기 짝이 없다. 방풍림으로 심었을 아름드리 삼나무는 하늘을 찌른다. 아침 햇살에 한껏 길어진 나무그림자들은 초록 풀밭을 가로질러 노랗게 익어가는 감귤의 당도를 한껏 부추기는 듯했다. 흙과 바람과 햇살과 물과 가꾸고 거두는 이의 손길, 자연의 공생이란 분업화 되어있는 듯하나 매우 섬세한 협업으로 이루어진다는 걸 알겠다. 집으로 돌아와 같은 귤을 먹는데 전에 느껴보지 못한 삼나무향과 해풍이 입 안 가득 고인다. 맘 좋은 키다리아저씨 같은 삼나무 밑을 주머니에 손을 찌르고 드넓게 펼쳐진 귤밭을 바라보며 걷던 제주, 그 며칠 서귀포의 아침 향기가 시골집으로 돌아온 지 일주일이 지나도록 사라지질 않네.

올드델리의 릭샤왈라

인도에 가면 목적지가 걸어서 갈 수 있는 짧은 구간
이라도 나는 굳이 릭샤(인력거)를 탄다. 한 번이라도 그
들을 웃게 하고 싶다는 소박한 바람 때문이다. 투어가
끝난 저녁이 되면 여행자들은 게스트하우스 다이닝룸
에 모여 장기자랑 하듯 그날 있었던 흥미로운 일 혹은
실수담들을 왁자하게 쏟아놓는다. 나는, 릭샤를 타지
않아서, 거리에서 바나나 라시(요거트)를 사먹지 않아
바가지를 쓰지 않았다거나, 100루피짜리 물건을 30루
피에 손에 넣었다는 걸 대단한 성공담처럼 풀어놓는
여행자를 좋아하지 않는다.

좋은 의미였는지 나쁜 의도였는지 아리송했지만 특
히 한국 여행자들의 흥정기술은 세계 최고라며 엄지손

가락을 세우던 어느 릭샤왈랴(인력거를 끄는 사람)의 말에 나는 얼굴이 홍당무가 되었다. 생각해 봐, 길거리 기념품 가게에서 이것저것 고르고 한 시간 실랑이로 깎은 금액이 우리 돈으로 고작 몇백 원 심지어 몇십 원에 불과하다는 것을 알았을 때 기분이 어떨지, 종아리에 힘줄이 터질 듯 자전거 바퀴를 굴려 오르막을 오르는 릭샤왈랴나 맨발의 배고픈 아이를 만난다면 천박한 우월 의식은 말고 조금은 즐겁게 속아주는 여행자만이 할 수 있는 아름다운 허세를 부려도 좋지 않을까.

코비드19가 국가와 인종을 초월, 세상으로 번져 여행자들의 발이 묶이면서 여행자를 상대로 하루 벌어 하루 먹고 사는 이들이 어떻게 가난을 견디고 있을까. 부자 나라에선 그럴 필요가 없지만 가난한 나라라면 나 같은 배낭여행자라도 돈 쓰는 재미를 제외하고 여행을 이야기하는 건 별 의미가 없을 것 같다. 그들에게 차 한 잔 가격도 안 되는 돈 너무 아끼지 말자. 그들보다 내가 더 행복할 수 있는 가장 빠른 길이 거기에 있다.

7년 만의 재회, 나흘의 출가

　'몸을 낮추고 저 거대한 숲의 신전으로 조용히 걸어 들어가 머리와 어깨 위로 내려 쌓이는 눈의 노래를 듣고 싶다.' 는 메모를 남기고 돌아서는 순간, 휴대폰에 낯선 번호가 떠 꺼야지 하다가 '여보세요!' 라니, 수화기 너머에서 나지막이 떨려오던 목소리, 그녀였다. 전화 한 통화로 7년의 침묵을 깨고 전격적으로 이루어진 일주일 뒤의 만남, 재회할 장소와 날짜를 조율하다 합의를 본 곳이 겨울 월정사였다. 우리는 월정사 가까운 곳에 숙소를 빌려 3박 4일이라는 둘만의 단기 출가를 결행했다.

　자욱한 안개 속에서 싸락눈이 멈추지 않고 내리던 22년 1월 24일 정오였다. 만남의 장소는 월정사 탄허 스님이 쓰신 月精大伽藍월정대가람 현판이 있는 일주문 앞이었다. 내가 사는 마을에도 연일 내린 눈으로 길이 미끄러울까 걱정했는데 걱정은 기우에 지나지 않았다. 천년의 숲 앞을 자동차로 천천히 지나가는데 저만치 눈에 익은 뒷모습, 어느 날 갑자기 연락을 끊고 사라진 그녀가 분명했다.

예전 같으면 이름을 불렀을 텐데 나는 갓길에 차를 세우고 비상등을 켠 채 그녀를 향해 조용히 걷기 시작했다. 언제부터 그 자리에 서있었는지 나를 알아본 그녀가 아가처럼 배시시 웃는 표정에 안도했고 비로소 그녀의 이름을 불렀다. 그녀는 회색 코트에 회색 털모자 차림이어서 세속의 친구를 마중하기 위해 방금 산문을 나온 비구니를 연상케 했다. 우리는 먼 열대에서 겨울왕국으로 눈을 보러 온 사람처럼 전나무 숲에 내리는 눈의 속삭임을 놓치지 않으려는 듯 말을 아꼈다. 그도 그럴 것이 묵묵히 아이들을 돌보며 가정을 지켜 온 그녀가 갑자기 잠적한 후 주변에 연락이 닿는 이가 아무도 없어 궁금했었다. 생물학을 전공, 박사학위 취득 후 여기저기 강의도 나가고 가정도 이상 무였는데 왜 그는 7년이나 세상에 없는 사람처럼 숨어야 했을까.

그 시간 동안 그는 나의 변화에 어떤 상상을 하며 이곳까지 왔을까.

예전, 그녀는 바라던 대학에 입학했지만 모든 것이 혼란스러워 다니던 학교를 그만두고 승가대학 아니면 출가를 생각했었다는 말을 들은 기억이 났다. 하지만 학부를 마치기 전 한 남자와 사랑에 빠져 결혼과 동시에 평범한 불자로 귀의해 가끔 사찰에 가 고요히 머물다 온다는 이야기도 들은 듯했다.

우리는 천년의 숲을 시작점으로 월정사를 거쳐 지장암까지 갔다가 처음의 자리로 되돌아오는 코스 약 2.7 킬로미터를 시계방향으로 원을 그리며 걸었다. 걷다가 멈추면 머리와 어깨에 내려앉는 싸락눈의 노래를 들을 수 있었다. 그것은 모든 동작을 멈추고 자신 안으로 집중해야만 들을 수 있는 진언 같았다. 나는 그녀가 처음 느껴본다는 눈의 노래를 보다 잘 들을 수 있도록 말을 아꼈다. 그렇게 멈추었다 다시 걸으면 그는 처음처럼 입을 열어 하던 이야기를 이어갔다. 우리는 같은 코스를 조금도 흔들리지 않고 영혼에 불이 켜질 때까지 순례자의 마음으로 걷고 또 걸었다. 그것은 전생과 후생을 경계 없이 넘나드는 의식과도 같았다. 걷기가 곧 명상이고 진언이며 자연과 나, 라는 자아가 부딪혀 화합할 수 있는 유일한 시간이 현재라는 걸 알아차렸을 때 평온을 느꼈다. 실은 나도 처음 겪는 일이었다. 이번 눈은 가장 적은 양으로 가장 오래 멈추지 않고 내리는 진기록을 보여주었다. 그 와중에도 그녀는 내 건강을 생각해 무리하지 않도록 일거일동에 마음 써 주었고, 어떤 이유로든 지금부턴 숨지도 소원하지도 않을 것이며 내게 따듯하고 필요한 존재가 되겠다며 그 순간들을 감사해했다.

아름드리 전나무가 바닥에 뿌려놓은 씨앗을 먹느라 새들이 모여든 것일까. 수많은 참새 떼들이 드문드문 걷는 사람들 사이를 곡예를 하듯 춤과 떼창을 보여주는데 파티도 이런 파티가 없다. 그 숲에서 눈은 눈꽃이 되고 바람은 바람꽃이 되어 우리를 무위자연하게 했으니 어른이 된 후 생각지도 못한 아가처럼 순수한 세계를 맛보게 해준 일등공신은 역시 눈〔雪〕이다.

7년의 시간, 그는 원치 않는 이혼으로 가족과 분리되고 병을 얻었지만 지금은 대학에 자리를 잡고 학생들을 가르치며 자연인에 가까운 생활을 하고 있다고, 가끔 SNS를 통해 내 일상을 들여다보기 시작한 것은 얼마 되지 않았지만 나를 통해 비로소 자아에 눈뜨는 것 같다며 거기에 자기 삶을 애정하게 되었단 고백도 함께 했다.

나흘간의 출가, 안개와 싸락눈 속에서 걷다가 멈추다가 춥고 배고프면 숙소로 돌아와 밥을 먹고 차를 마시고 몸이 따뜻해지면 다시 숲으로 들어가 걷는 명상으로 각자가 안고 있던 시간의 상처를 위무했다. 우리가 쉴 때는 눈이 그치고 걷기 시작하면 그쳤던 눈이 다시 내리는 신기한 일이 나흘이나 반복적으로 지속된 이변은 설명할 길이 없다.

월정사에서 가장 오래 본 것은 흩날리는 눈발과 천년의 숲으로 모여든 참새 떼였다. 그 많은 새떼들은 어디에서 왔으며 누가 저들을 먹이고 살펴 하늘과 숲을 경계 없이 넘나들며 춤추게 하는지. 우리의 재회도 때가되고 연이 닿아 이루어진 거라면 그들도 때가 되었으므로 우리와 같은 날 같은 시간에 그곳에 머무르지 않았을까. 그리고 거기 함께했던 모든 자연이 우리의 출가를 도왔다는 생각이 들었다. 목포를 출발해 6시간 운전으로 먼 월정사까지 나를 찾아온 것이 7년 만의 첫 나들이이자 보이지 않는 감옥으로부터 탈출과 동시에

여행이었다는 고백은 그간의 사정을 짐작하고도 남았
다. 내게로 오는 길이 새 삶을 여는 길고 아름다운 여
행이었듯 다시 그가 머물 곳으로 돌아가는 길도 오래
기억되는 여행이기를, 부디,

어제는 너무 멀고 내일은 너무 아득해

라오스 하늘색을 닮은 엽서 한 장이 도착했다. 보는
이 없어도 두 눈을 가리고 싶을 때가 있다. 마음이 기
우는데 흔들리는 눈빛을 감출 필요가 있을까. 그렇다
면 흔들려 주자. 흔들려 주는 게 예의지, 눈빛만이 아
닌 영혼까지도 흔들릴 수 있는 게 여행이지, 청춘은 끓
어넘치고 길 위에선 무엇을 해도 짜릿하기만 한데 흔
들리지 않는 여행이 어떻게 가능하지? 작은 인연에도
친구 같은 애인이 되고 애인 같은 친구가 되어 함께 국
경을 넘고 나란히 옆구리를 기대 앉아 두고 온 친구나
애인에게 엽서를 쓰지, 루앙프라방의 파란 하늘에 대
해 메콩 강의 일몰에 대해, 그러다 눈이 맞으면 어깨를
기대고 입술과 뺨을 부비는 그들에게서 넌 무얼 봤을

까. 한 몸처럼 붙어 있지만 그들 누구도 엽서의 내용을 가리지 않는다는 거야. 아니 여행지에선 누가 들여다 본들 그 내용을 가리지 않아도 된다는 자유로움을 그들은 알고 있었고 즐겼던 거지, 그런 거였어. 여행은, 숨기지 않아도 되고 숨길 필요를 느끼지 않는 자유로움, 제 자리로 돌아오면 그때 비로소 꿈처럼 아득해지는, 어제는 너무 멀고 내일은 너무 아득한,

에미가 참 짐승스러워요*

하늘이 개이는가 싶어 집을 나와 서쪽으로 1시간 30분 달리다 보니 궁평항이다. 수십 척은 족히 되는 선박들은 폭우를 피해 방파제 안에 집결해 있었지만 그곳조차 안전해 보이진 않는다. 집을 나설 때와는 달리 긴 장마에 오늘은 강풍까지 합세해 험악하기 짝이 없는 날 이럴 때 왜 나는 매번 짜릿해지는 건지, 잠시 갯내도 그립고 노을도 볼 겸 궁평항까지 왔으니 밖으로 나가 휘휘 걸어야 하는데 미칠 듯 퍼붓는 비가 차를 감옥으로 만든다. 파도 소리, 바람 소리, 차 지붕을 두드리는 빗소리, 양철물통 날아가는 소리… 이런 난타가 없다. 방파제를 넘어온 파도는 육지의 모든 것을 휩쓸고 말 기세다. 이 정도 태풍이면 운전 역시 무리겠다 싶어 일단 돌아가는 건 체념한 채 시동을 끄고 기다려 보기로 했다.

폭우는 차 밖의 풍경을 가차 없이 뭉개버린다. 그렇게 얼마쯤 포구 쪽을 하염없이 바라보고 있을 때 포구를 휩쓸어버릴 듯한 저 폭풍을 행인 하나 없는 빈 포구 난장에 무슨 형벌처럼 장대비를 고스란히 맞으며 멍게 바지락 소라가 든 고무대야 주변을 떠나지 못하는 한 사람, 생물이어서 오늘 다 팔아야 할 물건이라 저리 목숨처럼 끌어안고 있는 걸까.

우의에 모자를 썼지만 허리가 굽은 걸로 보아 연세가 있으신 듯한데, 이 험한 날씨에 장사를 접지 못하는 저분, 시계가 5시를 향해 가는 이 장마통 파장 분위기에 미동도 없이 손님을 기다리는 저분이 산사람 맞나 싶을 정도다. 자식을 위한 일이라면 가장 먼저 목숨도 내놓을 지상의 유일한 존재, 그렇게 희생을 하고도 누구하나 잘못되면 모두 자신이 져야 할 짐으로 순순히 받아내는, 화가 나도록 순종적이고 희생적이고 초월적인 존재, 어머니,

밀림이나 아프리카 초원은 말할 것도 없지만 숲에서 새끼를 거느린 멧돼지 가족을 만나면 오싹해진다. 그

도 어미고 나도 어민데 새끼를 위한 보호본능에 있어 짐승을 능가할 존재가 있을까. 하늘이 무너져도 새끼만은 지키고자 하는 책무를 안고 태어난 동물 아니 짐승이라는 종種, 사자나 치타와 나란히 어깨를 겨루는 가장 본능적인 존재를 인간계에서 뽑는다면 당연 에미겠지. 모두가 제 새끼에게 돌을 던질 때 그 돌을 온몸으로 받아내는 존재, 가장 낮은 자리를 자처하나 알고 보면 가장 존귀한 분.

'어머니'라는 단어가 그 자체로 숭고하다면 '에미'는 자식을 위해 하나뿐인 목숨도 아까워하지 않는 거친 본능을 가진 맹수일 것이다. 기회가 오면 언제든 야만성과 야생성을 드러낼 수 있는 거룩하고 엄숙한, 한없이 연약해 보이나 한없이 강한, 그러므로 천하무적인 존재.

문득 이쯤에서 아프리카 대초원으로 돌아가 문명의 협잡꾼이 된 한량기 많은 내 삶을 참회하고 싶다. 그곳으로 가 초원에 뿌려놓은 어린 새끼들을 돌보며 오로지 본능만으로 조정되는 힘 있는 에미가 되어 그렇게라도 거룩한 야생성을 회복할 수 있다면, 허나 어쩐담, 나는 지금 고작 이 비에 발이 묶여 1시간째 차 안을 벗

어나지 못하고 있으니,

차가운 바닥에 여전히 석고처럼 앉아있는 저분은 분명 새끼를 거느린 에미일 것이다. 두 다리에 힘이 빠져 남들처럼 뛸 수 없으니 저 악천후 속에서 미동도 않고 제 발로 찾아오는 잔챙이라도 잡지 못하면 새끼들이 굶을 판이니, 마음 같아선 누우나 버팔로까진 아니어도 톰슨가젤이나 임팔라라도 잡아 슬쩍 던져주고 싶지만 그것은 연민을 빙자한 굳센 에미의 본능을 능멸하는 일일 테니 그도 여의치 않다.

저 에미라는 짐승, 얼마나 고단했으면 찬 바닥에 엉덩이를 고정하고 장대비를 고스란히 맞으며 까무룩 졸기까지 한다. 그러다가 이거 아니지 싶은 듯 머리를 흔들며 늘어지는 정신을 깨우고 있다.

나는 잡아도 그만 못 잡아도 그만인 애꿎은 죄인 하나 잡겠다고 잠복근무 서는 무능한 초보 형사처럼, 아니 뭔가 건질 게 없을까 죽은 짐승의 고기라도 걸려들기를 바라는 얄미운 하이에나처럼 차 속에 앉아 폰카를 누르며 비 그치기를 기다리는 몰골이라니, 신이여, 나의 게으름과 안주를 용서치 마시고 부디 저 에미가 가진 짐승의 본능을 깨워주소서.

* "에미가 참 짐승스러워요!" 이 문장은 sns 친구 한순 님이 나의 글에 댓글로 단 것을 모셔옴.

꿀벌이 살아야 인류도 산다

인간과 자연은 서로 유기적 관계를 맺고 있다. 한 예로 꿀벌을 살펴보자. 한때(2006년 11월) 미국에서 꿀벌 실종사건이 생겼을 때 적게는 30% 많게는 90%까지 사라지고 없다는 믿기 어려운 사실이 보도되었다. 당시 원인이 밝혀지지 않았던 것은 그 많은 벌이 하루아침에 사체도 없이 홀연히 사라져 버렸으므로 원인을 추적하기가 쉽지 않았다. 여러 정황으로 보아 농작물 살충제, 유전자 변형 작물, 신종 바이러스, 휴대폰 전자파, 자동차 배기가스, 지구 온난화, 태양 흑점 활동으로 인한 전자파 교란 등등으로 어떤 특정한 한 가지보다 여러 요인들이 복합적으로 작용했을 것으로 잠정 결론을 내렸다고 한다.

벌 한 마리가 1그램의 꿀을 모으려면 무려 8천 송이 이상의 꽃을 만나야 한단다. 슈퍼마켓에서 파는 2.4킬로그램 꿀 한 병을 채집하려면 벌이 찾아다녀야 하는 꽃만 해도 무려 560만 송이 이상으로 이것을 거리로 계산했을 때 지구를 한 바퀴 도는 거리와 같은 약 4만 킬로미터란다. 그러고 보면 꿀벌만 한 여행자도 없지 싶다. 그 작은 몸과 날개깃으로 지구 한 바퀴를 돌다니, 자연 자체가 경이이긴 하나 벌 한 마리가 이렇게 대단한 일을 한다는 사실은 충분히 놀랍지 않은가.

벌은 그렇게 모은 꿀을 사람에게 주기도 하지만 그들이 하는 정말 위대하고도 막중한 임무는 꿀이 아니라 인류가 존립하는 데 필요한 식물을 수분시켜 각종 채소와 열매를 맺게 하는 것이다. 우리가 쉽게 길러 먹는 상추, 당근, 키위, 감귤, 배, 복숭아, 사과, 브로콜리 등 등 많은 작물들이 수분 과정 전체 혹은 일부에서 꿀벌의 도움을 받는다는 사실을 알아야 한다. 그것은 우리들이 먹는 음식의 80% 이상이 수분에 의존하며 전 세계 식량 작물로는 70%가 꿀벌의 수분에 의해 열매를 맺는다는 놀라운 사실, 그러므로 꿀벌이 사라지면 열매가 사라질 것이고 열매가 사라진다는 말은 결국 먹을 것이 부족해 인류가 멸망한다는 말 아닌가. 상상하고 싶지도 않지만 과학자들의 말을 빌리자면 만약 지구상에 꿀벌이 사라지고 없다면 불과 몇 년 안에 인류도 사라질 것이라는 경고는 그 어떤 비유보다 설득력이 있어 보인다.

깊은 숲이든 도심 공원이든 꽃이 있는 곳엔 벌이 있고 벌이 왕성하게 활동하는 곳이라면 생태계 또한 건강하다고 봐도 무방하다. 나무 몇 그루 사라진다고 산소가 얼마나 줄어들 것이며 꽃밭 하나를 시멘트로 발랐다고 우리 삶에 어떤 변화가 있을까라는 생각은 오산이다. 지금 나무 한 그루 심는 일, 서랍에서 잠자고 있던 꽃씨를 화단에 뿌리고 물을 주어 가꾸는 일, 일회용 용기 하나 덜 쓰는 일, 그것이 인류의 환경 대재앙을 막는 실천의 첫걸음이라는 걸 말해 무엇 할까.

아프리카 아카시아가 주는 메시지

거칠고 메마른 땅을 사바나라고 한다. 어디나 그렇지만 특히 사바나에선 동물이든 식물이든 강한 종만이 최후까지 살아남는다. 아프리카 대륙에서 흔히 보는 나무가 아카시아 나무다. 지금 내가 보는 아카시아 나무에는 두 개의 벌통이 매달려 있다. 저 깡마른 나무에 꽃이 피면 얼마나 필까. 그런데 사람들은 그곳에 벌통을 달아놓고 꿀을 기다린다. 가까이 가서 보면 저 아카시아 나무는 잎보다 가시가 많은데 우리네 탱자나무처럼 억센 가시로 뒤덮여 있다. 벌판의 저 먼 끝과 아카시아 나무 뒤로 전깃줄이 이어져 있고 나무 밑에는 짐승이 마을에 접근하지 못하도록 울타리를 쳐놓았는데 그 울타리에 사바나 바람에 빨래처럼 보이는 건 문명인들이 다녀갔다는 표식인 폐비닐이다. 여기는 케냐 마사이 구역이지만 마사이 원주민 누구도 쓰레기를 한 곳에 모은다거나 모아 처리한다는 개념을 갖고 있지 않았고 그런 생각조차 없었다. 저 초원의 아카시아 나무는 초식동물이라면 모두가 입을 댄다. 장미가 자신의 아름다움을 지키기 위해 가시를 선택하듯 아프리카 아카시아는 거친 땅에서 살아남기 위해 저리 진화했을 것이다.

이곳 사바나는 연중 한 번도 비가 내리지 않을 때도 있을 만큼 메마른 곳이다. 마침 내가 찾아간 때도 건기여서 회오리바람이 만드는 먼지기둥은 아파트 15층 높이를 능가할 만큼 위협적이었다. 마사이 중에서도 유일하게 머리를 기른 남자를 '모란'이라고 하는데 모란은 모든 부족을 통틀어 가장 용맹한 전사를 뜻한다. 그들은 사냥을 하면 그 자리에서 피를 나눠 마시는 것으로 알려져 있는데 이제 원시나 야생인간을 뜻하는 마사이부족은 전설일 뿐인지, 내가 본 그 지역에 거주하는 마사이들은 어른 아이 모두 먼지인간을 연상시켰다.

마사이 아이들은 우리가 티비에서 본 대로 플라스틱

통을 들고 서너 시간을 걸어 물을 길어오는 것이 일상이다. 깡마른 아이들이 맨발로 자기 몸보다 큰 물통을 들고 지나가는 걸 보면 탄식이 절로 나온다. 물을 나르는 아이들은 사바나의 뜨거운 회오리바람이 피워올리는 먼지로 시야에서 나타났다 사라지기를 한나절은 족히 반복해야 집까지 물통을 가져올 수 있다. 그나마 집에 도착하면 그 귀한 물은 반으로 줄어있기 일쑤다. 뚜껑이 없거나 있어도 주둥이가 깨져버린 물통이니 그럴 수밖에. 배가 산만큼 나온 백인여행자들은 그런 아이들 앞에서 수입한 물을 벌컥벌컥 들이키고는 아무데나 물병을 버리기까지 한다. 물론 기다렸다는 듯 아이들이 그 병을 낚아채 가지만,

마사이추장 말로는 나무 뒤쪽으로 큰 마을이 있었지만 폐허가 된 지 5년 정도 됐단다. 물이 없으니 사람은 물론 가축을 키울 수 없어 먼 곳으로 풀을 찾아 유목을 할 수밖에 없다고, 지금은 아이들에게 공부도 시킬 겸 정주하고 싶지만 그건 불가능하다고, 예전엔 정주가 싫어 유목을 했다면 지금은 정주하고 싶어도 할 수 없는 현실이라며 한숨을 쉬었다. 추장에게 저 벌통의 꿀은 마지막으로 언제 땄냐고 물으니 3년은 된 것 같다며

말끝을 흐렸다.

한동안 여행자로 살면서 환경재앙은 지구 도처에서 수없이 확인해 왔고 저 사막화 현상은 아프리카뿐 아니라 중국 인도 몽골 중앙아시아 등에도 빠르게 진행되고 있다. 세상 모든 아이들이 신발을 신고 학교에 갈 수 있는 세상은 요원한가. 기름진 음식을 집에 앉아 손가락 하나로 해결하고 안락한 침대에서 자고 일어나면 높아지는 쓰레기산에서 나만 가라앉지 않으면 된다는 사고를 가진 우리의 내일은 어디로 가는가. 지구상에서 가장 용맹하다는 마사이들의 꿈, 저 죽어가는 아카시아 나무를 회생시킬 방법은 정말 없는 걸까.

한겨울의 화양연화

폭설이 멎은 지 닷새째, 곤돌라로 정상에 오른 사람들은 매서운 바람에 잠시 서 있기도 힘든지 각자 바람을 피해 흩어졌다. 나는 산책로 난간에 기대어 아름답고 웅장한 겨울 백두대간을 눈으로 마음으로 하나둘 더듬어갔다. 가슴 밑바닥에서 차오르는 뜨거움의 정체는 무엇이었을까? 아래로, 아래로 내려가 더는 내려갈 수 없는 막다른 곳에 이르러서야 문득 돌아서는 그녀가 아련히 시야에 잡혔다. 뒤따라오던 남자는 그 순간을 기다린 듯 두 사람은 거리를 두고 마주 서서 나지막이 감탄과 미소를 나누더니 그녀가 남자에게 카메라를 허락하는 모습이 전생처럼 아득하다. 볼 수는 있어도 안을 수는 없는 거리를 애달픈 거리라 했던가,

영화 〈은행나무 침대〉가 생각난 건 우연만은 아니었을 거다. 멀찍이서 그들을 지켜보는데 내 시야에 들어온 그림은 현실이 아니라 어설픈 나의 상상력이 그려낸 추상화에 불과하다, 로 결론짓고 머리를 흔들다 생각해 보니 왠지 가상 세계가 아닐 수도 있겠다 싶었다.

나는 카메라 렌즈를 당겨 그들이 흘린 사랑과 미소를 슬쩍하고 말았다. 훔쳐서라도 갖고 싶은 매혹적인 실루엣이었다. 현실 안팎을 오가며 아주 잠시 내 프레임 안으로 들어왔다 화면 밖으로 사라진 두 사람, 겨울 백두대간이라는 대형스크린을 배경으로 담은 초단편 영화는 그야말로 불과 몇 초 만에 자막이 올라가는 초유의 사태로 끝나고 말았지만, 현장을 벗어나 추위를 녹이기 위해 전망대 카페에 앉아 창밖으로 3월 눈발이 나폴나폴 날아다니는 걸 볼 때도 내 머릿속에는 좀 전에 본 화면이 계속 리플레이 되었다. 기록을 목적으로 사실을 베끼는 것이 사진이라 했다. 그날 밤 귀가해 낮에 본 장면을 사진으로 확인하는데 아무리 생각해도 이 컷은 전설처럼 하늘에서 뚝 떨어진 씬 같다는 생각, 작정하면 영화까지는 아니어도 그럴듯한 시나리오 한 편 정도는 거뜬히 쓸 수 있을 것 같은 그날 나의 드림스토리,

찰나의 단편들

———

스리랑카 고산 지역에서 온 마른 허브꽃잎을 다기에 담고 따뜻한 물을 부은 후 찻잔 속을 들여다본 적 있다. 미라처럼 마른 꽃잎이 휴~ 하고 긴 숨을 내쉬며 깨어나는 걸 내 두 눈으로 확인한 후 꽃의 고향이 어딘지 이름이 무언지 묻지 않았다.

꽃은 그렇게 부활한다.

내겐, 더듬더듬 흘러가 그대에게 닿고 싶었던 무수한 으스름이 있었지. 어머니의 바다라 불리는 북몽골 작은 바이칼 홉스굴 호수, 게르 문을 활짝 열고 저녁을 기다리는 동안 짙어질 대로 짙어진 그리움의 밀도가 한껏 부푼 애드벌룬처럼 어느 접점에서 스르르 바람이 빠져 시공 밖으로 사라져버린, 낮도 아니고 밤도 아닌 경계, 수만 리를 걸어 방금 도착한 저 거대한 푸른 슬픔,

아름다운 도시 해밀턴이었다. 도서관 계단에 앉아 빌린 책을 무릎에 놓고 따사로운 봄볕을 즐기는 노부부를 나는 얼마나 부러워했는지, 장거리 고속도로 쉼터 야자수 그늘 아래 피크닉 바구니를 열고 꽃무늬 테이블보가 바람에 날아가지 않도록 성경책과 작은 돌멩이로 누르고 샌드위치가 담긴 도시락을 열고 식사기도를 드리는 노부부의 굽은 등은 또 얼마나 성스럽고 거룩한지.

커튼을 걷는다. 뽀얗게 내려앉은 바닥의 먼지를 빗자루로 쓸어 모은다. 바늘구멍만 한 빛도 허투루 쓰면 안되니까, 저 먼지 한 톨도 고독한 세월을 견딘 후에야 탄생한 목마름일 테니, 행여 바늘구멍보다 작은 빛이라도 그냥 버리면 안 되니까.

봄이 왔나 했는데 어느새 여름이다. 지난봄은 나를

앓는 날이 많았다. 네게도 그런 시간이 있었듯, 혹여 향기가 그대를 마비시킬까 봐 소포에 따사로운 봄볕을 동봉할 때도 내 마음은 숨겼더랬다, 현실은 누추하고 이상은 허망뿐일지라도,

찰나는 얼마나 길고 또한 짧은가. 그 단위는 수만 번 우리들의 생을 미세하게 갈라놓은 결의 결 같은 게 아닐까. 그렇다면 나는 있고도 없는 존재, 크거나 작거나의 문제가 아니었던 거지. 이를테면 먼지 한 톨을 수억만 개로 갈라 크기를 가늠할 수 없는 아주 미세한 결 같은 그 무엇, 그대가 아무것도 묻지 않았는데 내가 그대를 추억하고 그대 앞에서 뭔가를 설명한다는 것이 무슨 의미가 있을까. 이 질문은 또 얼마나 부질없고 새삼스러운지.

무엇을 어떻게 해야 내가 웃는지 '너는 안다' 아니, '너만 안다' 다. 가장 완벽하지만 가장 미완이기도 한 사랑은 인간의 감정이 빚은 유희일 뿐인가. 영혼을 관통한 그것이 가장 강한 폭발력을 보여줄 때의 거침없는 파멸, 지독한 쾌락을 절대치로 정의하는 이유겠다.

감정은 늘 출렁거리지만 그럴지라도 육체와 정신의 변함없는 지향을 통해 얻어내는 사랑의 본질은 같다. 그것을 논리적으로 설명하는 건 불가능하지만,

중력은 어떤 경우에도 작동하는 우주적 작용일 텐데, 무슨 일인지 모르겠다. 내 그리움과 사랑은 중력마저 거스르며 네게로 이끌린다. 아마도 너는 내 사랑의 총량을 빨아들이는 블랙홀인가 보다. 나란 개체를 나노미터보다 잘게 나누어, 아니다, 원자보다 입자보다 미분하여 무한질량으로 삼키고는, 광막한 코스모스 끝자락인 너는 새파란 감마선을 내뿜는 우주의 등대 아니 빅뱅이었나.

부유, 고일 수 없고 고이는 것이 없는, 방황은 일체감을 상실했을 때 찾아오는 일시적 들림일 거라고. 교감신경을 발달시켜 어떤 대상이든 집중력과 몰입도를 높이는 것으로 시공 시제가 극복된다면, 자의성의 경계를 비자의성으로 교합할 수 있는 선에 이르게 되겠지. 그리 되면 어디에 있든 마음을 저 능선 위로 세우는 순간 바람도 되고 흩어진 눈발도 되고, 사고의 주체가 빈

그릇에 담긴 고요처럼 자신을 관조할 수 있을 텐데,

　사랑한다는 것은 가슴 깊은 곳에 눈물주머니 하나 감추고 사는 거라지. 그 주머니는 수시로 비워야 하는 번거로움이 있지만 그로 인해 사람은 인간이 되고 인간은 사람이 되는 거래.

　늘 그랬지. 새로운 것을 취하는 만큼 가진 걸 덜어내야 하는 법칙 말이야. 그럼에도 틈틈이 떠났고 매번 돌아왔어. 세상을 이롭게 하는 시작점이 자신의 역할에 최선을 다하는 것임을 누군들 부정할까. 그렇게 시간은 흘렀고 널 미워하다 죽는 게 옳은 일인지를 생각했지, 나를 몹시 아프게 해서 미운 게 아니라 아직도 사랑이 식지 않아 이 고통을 안고 불 속으로 뛰어들어야 하는 현실을 부정하고 싶을 뿐, 조금 늦었지만 아주 많이 나쁜 내가 조금도 나쁘지 않은 너를 버렸다고 생각해 주렴. 늦었지만 참 다행이야. 서로를 버리는 일에 동의할 수 있어서.

오픈 토일렛

지난주, 평소처럼 산행을 마치고 하산하는데 산 아래 넓은 고랭지 밭에서 농약을 살포하던 남자가 물이 담긴 투명한 페트병을 들고 내가 내려가는 숲을 향해 잰 걸음으로 오고 있었다. 길은 하나뿐인데 이 길로 계속 가다 보면 어쩌면 저 남자와 숲의 들머리쯤에서 마주칠 수도 있겠구나 했는데 현실이 되고 말았다. 내가 있는 방향으로 달리다시피 오는 이유를 한 눈에 간파했으므로 봐도 못 본 척 지나가야지 했는데 얼떨결에 '하이!'로 그만 인사를 하고 말았고 그는 나마스떼로 내 인사를 받아주었다. 물어보나마나 그는 네팔리거나 인도인일 것이다. 인사와 동시에 우리의 시선은 페트병에 꽂혔고 약속이라도 한 듯 의미심장한 웃음이 터지고 말았다. 아주 짧은 시간에 낡은 페트병을 두고 우리의 상상은 각자 얼마나 먼 길을 돌고 헤맸을까. 그는 '설마?' 하는 눈치였고 나는 '왜 네가 그걸 들고 이 숲에 들어오는지를 알고 있다'는 표정을 짓고 말았으니, 초면임에도 우리는 킬킬 웃음이 터졌고 곧이어 각자 갈 길을 갔다.

새천년이 시작될 즈음 나는 북인도와 네팔에서 많은 시간을 보냈다. 밤새 기차를 타고 달리다 아침이 오면 숨어있던 마을이 하나둘 나타나고 기차는 안내방송도 없이 몇 시간을 가다 서다를 반복했다. 기찻길 옆에 움막을 짓고 사는 빈민들은 남녀노소 물이 담긴 플라스틱 병을 하나씩 들고 기찻길 곁에 나란히 앉아 엉덩이를 까고 볼일을 보곤 했는데 처음 그 풍경을 마주했을 땐 아무리 인도라지만 정말 쇼킹했다. 형형색색의 아름다운 사리를 입은 여자들은 여자들끼리 잠이 덜 깬 까치머리를 한 남자들은 남자들끼리 적게는 삼삼오오 많게는 수십 명이 철길 주변에 앉아 일을 보는데 짓궂은 남자들은 일 보던 자세를 그대로 유지하며 나처럼 기차에 탄 여행자들을 향해 손을 흔들어주는 여유를 보이기도 했다.

사실 그들에게 화장지는 사치품목 그 이상일 것이기에 화장지로 뒤처리를 한다는 건 상상할 수 없었을지도 모른다. 그런 그들에게 물병은 일을 본 다음 손(왼손)으로 뒤처리(수동식 비데^^)를 하기 위한 용도라는 걸 기차 안에서 혹은 길을 걷다가 매번 확인하곤 했다. 어떤 곳은 시골 기차역 가까운 곳에 낙서처럼 써놓은 안내판이 있는데 그 흔한 칸막이도 없이 통을 훔쳐가지 못하도록 줄로 묶어두고 삐뚤빼뚤한 글씨로 'open toilet'이란다. 그 통에 오물이 쌓이면 늙고 힘없어 보이는 노인이 나타나 무거운 오물통을 이마에 줄을 걸고 뒤뚱뒤뚱 밭으로 지고가 우리 돈 불과 몇백 원에 해당하는 루피를 받고 거름용으로 팔곤 했다. 그나마 통에 모으는 것은 양반이고 대부분 기차가 멈춰있을 때나 철로가 비어있을 때 우르르 몰려가 일을 보는 것이 일상이었다.

문제는 여행자들이 수십 시간씩 타고 가는 객차 내 화장실에서도 일을 보면 그 오물 역시 철로에 그대로 떨어져 자칫하면 낭패를 볼 수도 있으니 일을 볼 땐 기차가 멈출 때 보는 게 안전하다. 지금은 달라졌을지 모르지만 오지만 찾아다니던 인도여행 동안 화장실 문제는 실로 난제 중 난제였다. 하지만 궁하면 통한다고 경험이 쌓이다 보니 나도 급할 땐 공중화장실을 굳이 찾아가지 않고 현지인들과 같은 방법으로 적당한 곳에서 일을 보는 것이 익숙해졌다. 그들에게 화장실을 물어보면 십중팔구는 '오픈 토일렛'이라고 답한다. 세상 어디든 일을 보는 곳은 모두가 토일렛인 셈이다. 즉 그들이 말하는 오픈 토일렛은 화장실은 없다, 어디든 알아서 일을 보라는 의미다.

우리의 고찰에선 주로 재래식 화장실을 '해우소解憂所'라 하는데 근심을 풀고 번뇌가 사라지는 곳이라는 의미다. 생각할수록 정말 그럴듯한 해석이다. 평생 무주택자로 살다가는 오픈 토일렛에 익숙한 인도인에게 지금 우리의 주거환경처럼 화장실이 집 안으로 들어와 먹고 자고 일하는 공간과 나란히 배치되어 있는 화장실을 그들은 상상할 수 있을까.

자고 일어나면 생기는 생리현상은 집에서 해결해야지 왜 밖에서 일을 보느냐고 묻는, 그러니까 경험해 보지 못한 사람들에게 그 상황을 이해하라는 요구는 서로에게 무리수인 것만은 분명하다. 인도에는 평생 집을 가져보지 못하고 길에서 태어나 길에서 살다 길에서 죽는 사람이 얼마나 많은지 아는 사람이 얼마나 될까. 생각해 보라. 집이 없는데 무슨 수로 화장실이 있겠는가,

먹을 땐 거룩하게 음미하면서 먹어야 한다더니 배설은 왜 죄인처럼 해야 하는가. 하루하루 발길에 차이며 구걸로 겨우 연명한다고 싸는 것까지 눈치를 봐야 하는가. 왜 죄인이어야 하는가, 구경거리여야 하는가. 왜 당당하면 안 되는가. 엉덩이를 까고 앉아 일을 보는 많은 사람들의 표정에선 저마다 기차 안에서 자신들을 구경거리로 삼는 사람들에게 뭔가 할 말이 있다는 듯 움푹 파이고 휑한 눈은 깊다 못해 섬뜩할 지경이었다.

그들에게 두 개의 손은 철저히 역할이 다르다. 오른손은 음식을 먹을 때, 악수를 하거나 깨끗하고 선한 일을 할 때 사용하지만 왼손은 더러운 것을 만질 때, 하찮은 일을 할 때 쓴다. 그러므로 일을 보면 손으로 처리를 하고 그 손을 물로 닦는 건 더럽다기보다 가장 자연스러운 행위일지도 모른다. 지금은 여행자들이 물티슈를 상용화하고 있지만 별생각 없이 쓰는 물티슈 한장이 온전히 자연으로 돌아가는 데 걸리는 시간이 약 100년이라는 말을 어느 칼럼에서 읽은 후 나는 웬만해

서 물티슈를 쓰지 않는다.

　어느 환경운동가는 인간이 플라스틱 칫솔을 만들어 사용하기 시작한 그때부터 생산한 칫솔이 아직 하나도 완전히 썩지 않고 지구에 남아있다는 보고는 너무나 끔찍해 소름이 돋을 지경이었다. 일회용이 얼마나 환경을 망치는 주범인지 알기에 나는 가격과 상관없이 포장이 과한 물건은 사지 않는다. 우리가 별생각 없이 쓰는 물티슈 한 장을 흙으로 되돌리는 데 걸리는 시간을 알고 난 후 내 의식과 생활은 많은 부분 문화적 혜택을 거부하기에 이르렀다. 화장지라는 그 부드러운 휴지가 세상에 넘치든 말든 숲의 노루나 사슴처럼 자연의 방법으로 일을 보고 뒤처리를 하는 것을 당연하게 생각하는 그들의 생활이 우리보다 미개하거나 더럽단 생각은 해보지 않았다.

　국내 산에선 물티슈를 들고 숲으로 들어가 일을 본 뒤 여기저기 방치되어 있는 오물과 버려진 문명의 이기(물티슈)를 보면 마음이 불편하다. 일을 보는 것이 문제가 아니라 일을 본 뒤 처리를 바람이 다녀가듯 할 수는 없을까. 사용한 휴지는 되가져가고 자신이 부려놓은 것은 가볍게 땅을 파 흙이나 나뭇잎으로 묻어주는 배려 정도는 기본 아닌가.

숲을 벗어나 밭둑에 앉아 숨을 고르고 있는데 볼일을
마친 청년이 빈 병을 들고 밝은 표정으로 돌아와 하던
일을 계속했다. 조금 전과는 달리 고약한 농약 냄새가
산머리를 도는 오후, 코리안드림을 꿈꾸며 어렵게 얻
은 취업비자로 이 먼 나라 산골까지 오직 돈을 벌겠다
는 희망 하나로 고된 밭 노동을 하는 인도청년은 내가
그의 손에 들려있는 물병(페트병)의 용도를 정확히 알고
있다는 걸 짐작이나 할까. 숲으로 숨어드는 그의 걸음
이 다급해 보여 서둘러 자리를 피해주었지만 다음에
기회가 되면 궁금한 척 페트병의 용도를 슬쩍 물어볼
까 싶기도 하다.

물병을 들고 숲으로 내달리던 인도 청년의 행동은 예
전 여행 기억을 소환해 주었다는 점에서 재미있기도
했지만 한편으론 지나친 편리주의자들이라면 간과해
서는 안 되는 중요한 메시지 같아 며칠 청년의 표정이
잊히지 않았다. 여행자로 살던 한때 여러 나라를 유랑
하다 인천공항에 내리는 순간 내가 최고의 나라에 살
고 있었구나를 자각하게 하는 첫 번째가 깔끔하고 따

듯한 공항화장실에 앉았을 때 느꼈던 안온함이었다. 그런 나의 경험으로 미루어 그날 숲에서 만난 인도 청년도 열심히 돈을 모아 고향으로 돌아가면 깨끗한 수세식 화장실을 갖춘 집에서 온가족이 행복한 삶을 살수 있다면 얼마나 좋을까.

풍경 소리

자연은 아무것도 내세우지 않지만
그렇다고 감추는 법도 없다.
작아도 부끄럽지 않고 커도 자랑하지 않는,
그러므로 속도와 방향을 동시에 탐하는 건
어리석은 일이다.

고달사지의 봄

남한강 가에 자리한 여주 신륵사는 메타세쿼이어가 붉게 물드는 만추, 타종 소리가 저무는 강을 깨우는 오후 6시쯤 강 건너편에서 바라볼 때 가장 아름답다. 그러나 오늘의 목적지는 멀찍이서 신륵사를 볼 수 있는 강천이다. 겨우내 움츠렸던 가슴을 펴보겠다고 봄 강물 따라 강천 간다. 강가에는 버들가지가 다투어 피고 저 멀리 연노랑물감 번지듯 퍼지는 산수유꽃이 행자의 마음을 부풀린다. 유유히 흐르는 한강은 강원도 태백 검룡소에서 발원하여 김포 월곶 보구곶리에서 서해에 합류하는 강으로 강원 오지에서 눈 녹은 물이 흘러 모인 것이니 해빙기가 되면 강의 유속은 빨라질 수밖에 없다. 물가에만 가면 부질없는 짓을 한다. 납작한 돌멩이를 찾아 물수제비를 떠보는 것, 더러는 성공도 하지만 대개는 얼마 못 가 강 속으로 몸을 숨기는 돌, 강은 바닥에 내려앉은 돌을 자기 몸처럼 안아주기 위해 얼마만큼의 품을 허락했을까. 부드러운 햇살을 받으며 강천을 걸은 지 얼마 되지 않았는데 시간은 오후로 건너뛴다.

가까운 고달사지로 향한다. 지난가을에 다녀왔지만 넓은 폐사지의 봄이 어떤지, 아직 잔디가 초록색을 띠지는 않았지만 여기저기 피어나는 노란 산수유꽃 덕분인지 봄의 향기를 느끼는 데는 모자람이 없다.

사찰이 번성할 당시 수조로 썼다는 석조물은 단아한 지붕을 이고 있다. 이곳 폐사지에서 그만큼 중요한 유물이라는 의미겠다. 석조의 용도는 사찰에 행사가 있을 때 곡물을 씻거나 혹은 물을 담아 사찰 중심 공간에 두고 부처님 전에 나갈 때 몸을 깨끗이 씻고 가라는 의미도 있다 한다. 지붕이 있는 두 개의 석조물을 지나 가운데 상부에 자리 잡은 원종대사탑은 스케일이 웅장하고 마모된 상위 모서리를 제외하면 비교적 형태는 양호하다. 탑신부에는 사천왕상이 새겨져 있고 아래 석탑에 새긴 조각은 흘러가는 구름 사이로 거북이와

용이 노니는 형상이다. 넓은 폐사지에는 부도, 석불대좌, 석불좌, 승탑, 쌍사자 석등 총 7종의 보물이 있으며 중앙 위쪽에 자리 잡은 원종대사탑을 지나면 폐사지 고달사와 무관한 고달사란 절이 기다린다.

고달사를 왼편에 두고 산 쪽으로 올라가면 평평한 터에 최근에 세운 2기의 석불을 만날 수 있다. 이 석불에서 오른쪽 숲길로 접어들면 오래전 불심이 가득한 석공들의 섬세한 손길이 느껴지는 단아한 석등이 기다린다. 거기까지 갔다면 등이 있는 자리에서 아래 너른 폐사지를 내려다보는 여유를 놓치는 이는 없으리라.

홀로 석등 주변을 서성대다 폐사지로 내려오니 노란 산수유가 망울을 터트리기 시작하는 건너편 계곡 옆으로 스님 한 분이 봄 햇살을 받으며 산책 중이시다. 내가 꿈꾸던 한 폭의 그림이 완성되는 순간이다.

꽃의 사리, 열매의 사리,
저 고운 것이 하늘에서 떨어졌겠느냐.
그게 아니면 누가 매달기라도 했겠느냐.
꽃이 부르니 열매가 왔겠지.
열매가 부르니 꽃도 좋아서 같이 살자 했겠지.

9월, 병산 아래 병산서원

병산서원 300m, 나지막한 안내판 앞에 서자 참았던
눈물이 터질 것만 같았다. 숲을 따라 비포장도로를 20
여 분 오르내린 뒤 주차장으로 들어서자 안내원이 안
쪽으로 오라는 수신호를 보낸다. 연락처를 남기고 손
소득과 열 체크를 마치자 서원 가는 길을 터준다. 그
아름다운 길 위로 강바람이 살랑거리고 햇살은 천지사
방으로 빛나는데 내 아무리 고단하기로 걸어야 할 거
리가 고작 300m라니, 얼마나 가슴 깊이 묻어두었던 길
인데 단 5분으로 끝내는 건 좀 그렇지 않은가. 그 길 위
에서 나는 아이가 되어 혀를 굴릴 때마다 입 안에 든
사탕이 녹는 게 아까워 입을 꼭 다물고 오래 그 달달함
을 느끼고 싶은 마음이었달까.

귀신도 모를 첩첩산중에 숨어있어 길을 잃고 주저앉아 울음을 놓거나 헤매도 좋을 그런 길을 그리워했다. 그 길에 들어서면 내가 왜 그곳에 왔는지 까맣게 잊게 되는 그런 길이 그리웠다. 하지만 매번 잃고자 했던 길은 어쩌면 그리 환하게 잘도 찾아지는지. 지금 나는 낙동강 물이 화산자락을 휘감아 도는 병산서원 가는 길에 있다. 이곳을 다녀간 지 한 달이 채 안 되는데, 다시 남쪽으로 내려와 배롱꽃 만발한 꿈결 같은 서원을 앞에 두고 낙동강 금빛 모래톱에 발을 담그고 서원의 기와지붕을 바라보는 마음이라니. 눈을 멀게 할 것만 같은 잘 익은 구월 열여드레 햇살, 서원 망루에 내려앉은 빛을 조금만 더 참았다 보고픈 욕심을 강가에 앉아 인내심을 저울질해 보는 건 늘 있는 일이 아니다. 소원하던 그곳에 닿을 때도 좋지만 닿기 직전에 현실 반 꿈 반의 경계점은 얼마나 소스라치게 아름다운가. 병산서원이 한국에서 가장 아름다운 서원이라는 말은 여전히 유효하고 확고하다. 서원을, 감히 누가 생각 없이 여염집 드나드는 방물장수처럼 들락거리는가. 저 단체 방문자들의 입을 단속할 수 없다면 소리라도 나직했으면 좋으련만, 여기가 어디라고 왁자하게 웃고 떠들고 난장 휩쓸듯 휘리릭 둘러보고 밀물처럼 왔다 썰물처럼 빠져나가는지, 서원을 먹고 마시는 관광지쯤으로 생각했다면 그건 누구의 잘못인가. 성소까지는 아니라도 서원이 그런 난삽한 곳은 아니지 않은가. 이곳은 지식이 많은 사람도 더 많은 공부와 정진으로 깨우침을 얻고 맑은 사람은 더 맑기를 소원하며 어렵사리 찾는 도량이니 다음부턴 제발 그러지 말라고 간곡히 한마디 해주고 싶긴 했다.

오래된 건물을 보며 늘 위로를 받는 부분은 사찰이든 궁이든 서원이든 우리 조상들은 아무리 작은 건물이라도 최선을 다해 그들의 철학과 가치관을 반영하고 건물의 분위기와 용도에 어울리는 이름(당호)을 짓는다는 것이다. 서원의 중심건물은 역시 만대루다. 이는 7칸 긴 누마루로 낙동강 흰 백사장과 병산 풍경을 7폭 병풍에 담아내는 최고의 건축물로 꼽는다. 두보의 「백제성루」라는 시에 '취병의만대, 푸른 절벽은 오후 늦게 대할 만하니' 라는 시에서 따온 이름이라니 선조들의 풍류가 얼마나 여유롭고 멋스러운지 감탄이 절로 인다. 아래층은 막돌기단, 덤벙주초, 휘어진 굵은 기둥이, 위층은 잘 다듬은 둥근 기둥, 우물마루, 계자난간은 물론

179

서원의 주변 경관은 '성리학자들이 이상으로 생각하는 자연과 인간은 불가분의 관계를 갖는다'는 천인합일사상이 반영되어 자연과 인공이 더불어 균형과 조화를 이루고 있다는 것을 알 수 있다.

각 공간마다 영혼을 빼앗기고 피보다 붉은 배롱꽃에 마음 빼앗기는 이 가없고 황송하기 그지없는 내 생의 9월 하루가 이곳 서원에서 저무는 호사를 누리다니, 딱히 역사나 유학에 관심이 없어도 알겠지만 서원은 조선의 선비들이 학문에 정진하는 사학당으로 중요한 역할을 해왔다. 우리나라에는 여러 서원이 있지만 병산서원은 주변의 경관과 어우러져 내 짧은 식견으로도 한국건축사는 물론 세계적인 고건축물로 자부심을 가지기에 충분하다.

부론 가자 거돈사지 가자

　어느 시인은 부론에서 길을 잃었다는데 나는 부론 근처 어디쯤에서 길을 버린 걸까. 예기치 못한 만추 풍경에 끌려 두 번이나 다른 길로 드는 실수를 하고 말았다. 이럴 때 이것이 일이 아니고 여행이라 생각하면 초조나 불안이 안도로 바뀌는 건 신기하다.

　차창을 열어 싸한 바람을 들이켠 후 마음을 다독여 달리기 시작했다. 자동차는 남한강을 끼고 여주를 지나 내비가 알려주는 대로 얌전히 좁은 길을 따라 들어갔다. 오른쪽에는 붉은 함석지붕을 가진 작은 폐교 건물이 눈에 들어오고 왼쪽으론 석축 기단 모서리에 서 있는 한 그루 노거수, 내가 찾고자 했던 바로 그곳인가 싶었는데 역시 이런 예감은 한 번도 나를 배신한 적이 없다. 때는 만추였고 추적추적 비가 내리는 저녁답이었다. 곧 날이 어두워질 것 같아 부론 어디쯤에서 돌아갈까 하다 예까지 왔으니 거돈사지는 보고 가야지 하면서 고집을 부렸던 것이다. 어느 해 거돈사지와의 첫 만남은 그렇게 시작되었다. 그날은 금세 날이 어두워지고 비까지 내려 변변한 사진 한 장 건지지 못한 채 귀가를 서둘러야만 했다.

그로부터 수년이 흘렀고 다시 그곳에 가보자고 길을 나섰다. 이번에는 시간에 쫓기지 말고 찬찬히 둘러봐야지 하면서, 빈 절터에 서서 지난 시간의 흔적을 지켜본다는 것이 딱히 무슨 의미가 있을까 하는 생각을 나답지 못하게 왜 이제야 하는 것인지. 그래, 다 왔다. 이제 거돈사지다. 천 년의 나이를 가진 느티나무 아래 차를 세우고 시동을 껐다. 햇살이 노거수 아래로 부서져 내렸다. 굳이 외면하고 싶은 것들은 늘 왜 그리도 눈에 잘 들어오는지. 운전석에서 차 문을 열고 왼발을 땅에 놓고 일어서려는 순간 자연스럽게 살짝 아래로 닿은 시선, 석축 사이에 기다란 무엇이 자석처럼 나를 끌어당긴다.

나쁜 시력은 그것이 무엇이든 상상을 고무시키는 데

일조를 해왔다. 저게 뭘까? 어찌 보면 긴 지느러미를 가진 물고기가 헤엄을 치는 것도 같고 그게 아니면 뭔가 산 녀석이 꿈틀거리는 것도 같았다. 그러노라니 나의 상상력은 이미 추월선을 넘었고 심장이 널뛰기를 했다. 심호흡을 하고 몸을 낮춰 가만히 들여다보니 맞다. 뱀의 허물이다. 어쩌면 돌과 돌 사이에 한 생의 풍파를 감당한 제 몸의 껍질을 철저히 인간의 눈높이를 무시하고 저토록 가지런히 벗어둔 채 뱀은 천 년의 비밀을 간직한 느티나무 아래 혹은 마모된 삼층석탑 어디쯤에서 이른 동면에 든 건 아닐까.

비어있다는 것, 오래되었다는 것, 황량하다는 것, 숱한 역사를 안고 사라졌으나 영 지워지지 않는 그 무엇들, 세월이 흘러 모두가 평면으로 잔잔해진 이곳 폐사지, 기단을 둘러싼 돌도 나무도 심지어 새들도 고요하기만 하다. 그러나 그보다 더한 절대 고요, 그것을 대변하는 조형물, 바로 폐사지에 남아있는 고고하기 이를 데 없는 석탑이 아닐까 싶다. 가파른 돌계단을 올라 앞쪽 중앙에 위치한 삼층석탑을 향해 걸어가는데 발밑으로 무언가 스멀거리는 듯한 이 간지러움의 정체는 뭘까.

걷기 예찬, 영축산 통도사

눈이 멀어버릴 것 같은 윤슬이 빛나는 해운대 아침
바다에 취해 며칠을 보내고 귀경길에 방문한 사찰이
통도사다. 사찰 분위기는 여전히 웅장하면서도 차분하
고 고즈넉하다. 21세기 최첨단 문명을 누리는 우리에
게 시간의 결을 고스란히 전하는 고찰의 무게감은 모
든 것을 초월한 듯 담담해 보인다. 특히 도로에서 사찰
로 이어지는 들머리 소나무 행렬은 가히 조선 소나무
의 위용을 유감없이 보여주니 걸음이 가벼울 수밖에.

한국 3대 사찰의 하나로 불상을 모시지 않는 대신 부
처의 진신사리를 모시는 통도사, 목탁 소리에 묻혀 한
나절 경내를 둘러보고 영축산 자락으로 들었다. 비 갠
후라 풀냄새가 진하다. 초록이 깊어지니 계곡의 물소

리도 한결 깊다. 내 기억장치에 오류가 생겼는지 눈에 보이는 꽃보다 향기로 느끼는 꽃이 더 강하게 각인되는 이유가 뭘까. 본시 옳고 그름, 좋거나 나쁨은 없는 것이라 했지만 꽃이 좋은 건 감출 수 없는 인간의 간사한 마음이라 해두자. 복잡한 심사를 끝내 내려놓지 못한 채 조금씩 정리되고 그러다 평정심 즉 무심이 찾아들 때 떠오른 장소도 바로 지금처럼 고즈넉한 숲길 걷기가 아니었던가.

오래전 히말라야 안나푸르나, 트롱라를 넘어 신성의 불국정토 묵디나트에서 바라본 메마른 풍경, 산 하나만 넘으면 있을 불국정토 무스탕과 황량하기 그지없는 오래된 미래 라다크 땅을 어찌 잊으랴. 얼마 뒤 다비드 르 브르통의 『걷기예찬』을 읽으면서 내면의 성찰과 걷기라는 인문학적 연관성을 숙고하는 시간을 가지지 않았던가.

수많은 것이 존재하는 지구에 우리가 마음을 나누고 익숙해져 안다고 말할 수 있는 것은 얼마나 될까. 어쩌면 영원에 기댄 자연이라면, 모든 존재감을 영영 알아채지 못한 채 인생이 끝난다 해도 과언은 아닐 듯, 숲에 깃들 때마다 느끼는 아주 작은 변화의 알아차림도 어쩌면 아는 게 아니라 안다고 착각한 건 아닐까. 자연 앞이라면 감정이입을 최소화하는 훈련이 필요한 까닭이겠다.

어려움을 넘어서는 건 쉬운 곳에 닿으려는 열망이라 했다. 외로움을 넘어서려면 외로움 밖에 있어야 한다는 것을 잠시 잊고 있었다. 자연은 아무것도 내세우지 않지만 그렇다고 감추는 법도 없다. 작아도 부끄럽지 않고 커도 자랑하지 않는, 그러므로 속도와 방향을 동시에 탐하는 건 어리석은 일이다. 두렵다. 실수투성이인 내가 용서받을 수 있을까. 하지만 갈망이나 의심이 없는 사람은 퇴보한 사람이라 했다. 나는 누구든 만나고 돌아서는 순간 외롭고 애틋한 게 아니라 헤어지기 직전이 가장 절망적으로 애틋한데 통도사가 그랬다.

통도사 일주문 돌기둥에 새겨진 글이다. '方袍圓頂常要淸規(방포원정상요청규) 異性同居必須和睦(이성동거필수화목)' 삭발염의한 수행자들은 늘 청규를 중요하게 여겨야 하고, 서로 성격이 다른 대중이 모여 사는 데는 반드시 화합하고 우애롭게 지내야 한다는 뜻이란다. 그러므로 그대와 나와 우리는 다르지만 하나일 수밖에 없지 않겠는가.

불타의 그림자가 서린 불영사

먼 곳 마다 않고 달려가면 어느 아름다운 영혼 하나 버선발로 달려와 반겨줄 듯한 사찰 불영사佛影寺, 폭염을 피해 사람들은 강이나 바다로 달려가기 바쁘지만 여전히 나는 숲을 떠나지 못하고 있다. 하지만 봄부터 나를 부르는 절이 있었으니 울진 불영계곡에 자리한 불타의 그림자가 서린 사찰 불영사다. 불영사가 있는 울진은 나의 고향인 강원도 최남단과 인접한 곳이라 초등학교 때 성류굴과 함께 수학여행을 다녀온 곳이지만, 성년이 되어 고향을 떠나온 후엔 숲에 매료되어 금강송을 찾아 몇 차례 다녀온 절이다.

이런저런 인연이 있었지만 내가 특별히 불영사를 기억하는 이유는 딸 셋을 낳고 끝내 아들을 두지 못한 채

마흔일곱 나이로 세상을 떠난 내 어머니 이춘란李春蘭의 영을 모신 절이라 불영사에 갈 때마다 곱디고왔던 어머니의 얼굴이 떠올랐다. 일주문 곁 매표소에서 입장권을 끊으면 약 1km 내리막과 오르막을 번갈아 걸어야 한다. 어렸을 땐 이 길이 정말 멀고 험했는데, 주변에 송림이 좋아선지 계곡과 명상의 길을 따라 걷다 보니 어느새 넓은 분지에 자리를 잡은 요사채가 하나둘 보이기 시작한다. 요사체 앞 채마밭에는 호박 가지 고추 등의 농작물들이 자라고 있었는데 잡풀 하나 없이 어찌나 깔끔하게 가꿔놓았는지 역시 비구니 사찰은 다르구나 했다. 절을 찾아간 날은 어느 망자의 천도제를 지내는 행사가 있어 그동안 나름 사찰기행을 한다고 했으나 이렇게 많은 스님을 한자리에서 보는 건 처음인데, 역시 절이 절다우려면 스님이 계셔야 하는 게 맞다.

대웅보전을 향해 걷다 보니 왼편(바깥)으로 석가모니불이 모셔져 있고 그 옆 불영지에는 잠자는 연꽃이라는 별명을 가진 흰수련과 노랑어리연이 행자를 반긴다. 법영루에서 불영지를 바라보는 풍경은 이 사찰의 백미다. 불영지를 지나 나는 내 어머니 사모하는 마음으로 아담한 건물 대웅보전 앞에 섰다. 법당 안을 들여다보니 부처님 뒤편의 화려한 불화가 시선을 붙잡는다. 법당을 둘러보고 한낮의 폭염을 피해 설법전 돌계단에 앉는다. 단아함의 극치를 보여주는 삼층석탑 뒤로 대웅보전을 떠받들고 있는 듬직한 두 기의 돌거북은 고찰의 위엄을 보여주듯 믿음직스럽다. 이곳은 불교건축물의 전형을 보여주는 듯 당우 하나하나가 저마다 개성 있고 아름답지만 가장 인상 깊은 것은 대웅보전 앞 삼층석탑이다. 의상전으로 이어지는 길을 따라 석류나무에 꽃과 열매가 함께 달린 걸 봤다. 삶과 죽음이 다르지 않다는 걸 보여주는 대목이다.

　사찰을 나와 바다를 보겠다고 왕피천을 따라 관동팔경의 하나인 망양정으로 향한다. 망양정 주변의 어촌마을은 변화를 보였지만 동해는 여전히 푸르고 힘이 넘쳤다. 망양정을 건너에 두고 강과 바다가 만나는 경계점에 차를 세우고 왕피천 하류를 살핀다. 불영계곡에서 흘러들어 왕피천을 경유, 동해로 합수하는 이곳, 건너 모래밭에선 많은 갈매기들이 자유롭게 세월을 즐기고 있다. 저들에게도 내게도 저녁은 차별 없이 올 것이다.

용주사와 융건릉 소나무 둘레길

만추다. 햇살은 여전히 사랑스럽다. 가을은 어느 사막으로부터 왔던가. 계획에 없던 길 위에 서게 하는 이 계절은 대체 어느 국경을 넘어 예까지 온 걸까. 과잉과 결핍 사이 풍성하고 메마른 천 개의 손을 내미는 기다림의 계절, 슬픔을 지난 후에야 비로소 보이는 기쁨들, 단풍을 지나 낙엽과 나와 일대일이 되어보는 것, 숲과 내가 하나가 되는 것, 가을이 아니면 만날 수 없는 것들을 생각한다.

나는 고작 하루 시간을 할애해 길을 나설 참인데 가까운 수목원 아니면 서쪽으로 일몰을 보러 갈까 하다가 생각난 곳이 용주사와 융건릉, 그래, 이곳이라면, 명품 소나무 숲 융건릉 둘레길을 걸어보고 싶은 유혹이 바람처럼 일었다. 봄에 활엽수들이 몽글몽글 솟아오를 때도 좋지만 오래된 소나무 숲이 주는 안정감은 계절을 초월해 그 어떤 숲과도 비교불가인 그만의 특색을 유감없이 보여준다. 걷다 보면 얼마 전까지 나를 괴롭히던 잡념들은 슬며시 사라지고 없다. 보고 싶은 걸 볼 수 있고 듣고 싶은 걸 들을 수 있을 때까지 내게 가을은 텅 빈 허수의 시간일지도 모르지만 원하는 대상을 만나지 못한 건 너무 빠르거나 아직 때에 이르지 못했다는 뜻이므로 조급해할 일은 아니다.

있는 그대로의 모습을 진여眞如라 한다. 그리고 무위無爲란 작위作爲를 배제하는 것이고 자연을 거스르지 않는 것이다. 노자 독법의 기본은 무위다. 그러므로 무위는 아무것도 하지 않는 것을 이르는 말이 아니라 그 자체가 목적이 아닌 하나의 실천방법이다. 용주사에 들러 나를 따라온 햇살을 등에 업고 법당에 잠시 무릎을 꿇고 앉았다가 고목 끝에 매달린 마지막 단풍과 낯선 곳에 영혼을 두고 오는 일 없기를 바라는 맘으로 작별인사를 하고 돌아섰다.

용주사는 신라시대에 지어진 고찰로 정조가 아버지 사도세자의 무덤을 만들면서 이곳을 원찰로 삼아 다시 중축하였다. 정조는 총애하던 단원 김홍도를 보내 용주사를 중창하는 일을 담당하게 하였고 용주사에 남아 있는 김홍도의 손길 중 하나가 『부모은중경』이라는 불교경전을 그림으로 그린 〈부모은중경판〉이다. 이 그림을 그리기 전에 김홍도는 정조의 명으로 일주일간 기도를 해야 했다고 하니 정조의 효심을 읽을 수 있는 대목이다.

정조와 사도세자의 불운한 운명이 아니어도 내겐 용주사가 주는 소중한 추억 한 자락이 있다. 교과서를 통해 우리에게 잘 알려진 조지훈의 「승무」라는 시의 배경이 바로 이 용주사라는 사실을 나의 스승께서 생전에 말씀해 주셨는데, 조지훈이 내 시의 스승이던 분의 스승이었다는 점도 의미를 더했다.

용주사를 둘러보고 융건릉을 돌아보는 동안 기다렸다는 듯 숲은 포근히 나를 맞아주었다. 나는 자연을 통해 설명 불가한 해방감을 느끼곤 하는데 그것이야말로 내가 자연의 일부라는 것을 인정할 수밖에 없는 대목이다. 남쪽엔 백일홍도 코스모스도 지고 없다는데 기쁨이 슬픔이 되고 슬픔이 기쁨에게 말을 걸어오는 이 만추의 쓸쓸은 내가 사라진 후에도 무한 반복으로 이어지겠지.

융건릉은 사도세자와 헌경왕후 혜경궁 홍씨가 합장된 융릉과 정조와 효의황후 김씨가 합장된 건릉이 일러 붙인 이름이다. 나지막한 능선으로 이어진 화산 자락에 이 두 능을 가운데 둔 융건릉 둘레길은 솔숲 사이로 난 흙길을 산책하듯 걷기에 그만이다.

순리를 거스르지 않는 자연은 묵묵히 흘러갈 뿐이지만 굳이 인간만이 말이나 글로 그것을 통역한다고 했던가. 발전은 새로운 도전 없이는 불가능하므로 결국 자신의 마음을 바꾸려는 의지가 없다면 어떤 대상도 누구도 바꿀 수 없다는 건 자명한 일 아닌가. 도심에선 많은 사람 속에서도 외로웠는데 시골살이는 혼자여도 외롭단 생각이 들지 않으니 그나마 다행이다.

불국사와 왕릉, 천년의 시간을 걷다

언제든 한 번은 살아보고 싶은 도시가 경주라는 생각은 지금도 유효하다. 자주 가지는 못하지만 경주는 늘 그리운 곳이고 살아보고 싶은 도시니 매번 부산에 갈 때마다 경주를 떠올리는 건 아주 자연스러운 일이다. 부산 남해일대에서 보낸 며칠 중 하루쯤 시간을 내어 경주에서 숙박을 하고자 했으나 이번에도 불발로 끝났다. 그날, 부산에서 경주로 가던 날은 바람 때문에 걷기 좋은 날은 아니었으나 그렇다고 차에서만 지내다 올 수 없는 일이니 옷깃을 단단히 여미고 황룡사지에서 들머리 시작점을 찍었다.

황룡사지는 진흥왕에서 선덕여왕까지 신라 전성기 약 100년에 걸쳐 세운 사찰이지만 지금은 허허벌판에

빈터만 남아있다. 황룡사 구층목탑은 높이 80m로 바닥 한 면이 우뚝 솟아있다. 경주 시내를 한눈에 내려다보았을 목탑은 고려시대 몽고군의 침입으로 전소되기까지 각지에서 많은 스님들이 그 탑을 보기 위해 신라를 찾을 만큼 세계적인 보물로 알려지고 있다.

황룡사지 빈 들판을 돌아보고 추위와 바람에 떠밀려 가까운 선덕여왕릉을 찾아 나섰다. 신라의 찬란한 문화를 꽃피우고 삼국 통일의 기초를 닦은 선덕여왕의 능은 그의 유언에 따라 낭산狼山 정상 울창한 소나무 숲속에 자리를 잡았다. 안내표지판을 따라 마을 입구에 차를 세우고 작은 이정표를 놓치지 않고 오르는 길엔 세월의 풍상을 견딘 멋진 송림이 기다린다. 숲을 따라 낭산에 오르면 거기 하늘의 호위를 받으며 정상 가운데 우아한 품새의 능이 있다. 여왕이라서 그런가. 다른 능에 비해 차분하고 다정해 보인다.

선덕여왕은 아들이 없던 진평왕의 장녀로 태어나 신라 최초 여왕이 되었다. 재위 16년간 분황사와 첨성대, 불교건축의 금자탑이라는 신라 최대인 황룡사 구층목탑을 세우기도 하였다. 또한 뒷날 태종무열왕이 된 김춘추와 명장 김유신 같은 영웅호걸을 거느리며 신라가

삼국을 통일하는 데 기초를 닦은 덕망 있는 왕이다. 경주는 신라인의 공동묘지라 불릴 만큼 도처에 왕릉들이 있어 방문자의 걸음을 붙잡는다.

드물게 방문하긴 했어도 여전히 경주에 간다는 건 불국사에 간다는 것이고 불국사에 간다는 건 나이가 몇이든 수학여행 가는 기분을 벗어날 수 없다는 것, 불국사 경내로 들어 마당을 한 바퀴 돈 다음 석가탑과 다보탑을 찾아 다시 안쪽으로 들었다. 이 두 탑은 누가 봐도 단순과 복잡, 절제와 화려, 고전과 낭만 등 배치되는 두 개념으로 만든 조형물이다. 불국사 창건 이후 현대에 이르기까지 아직 이런 시도는 전무후무하다고 하니 당시 시대상을 생각하면 이렇게 반대 개념의 이질적인 작품을 나란히 같은 공간에 배치했다는 사실은 이채롭다.

몹시 추운 날, 사찰이 문을 닫을 시간이 가까워져 사람들은 서둘러 퇴장하고 홀로 즐기는, 하루 마지막 햇살이 탑의 난간을 서성대던 그 짧은 순간이 얼마나 신비로웠는지, 시대를 초월, 많은 불자들의 기도와 정성이 새겨진 탑이라 하니 탑은 그냥 탑이 아닌 듯하다. 다보탑에 비해 석가탑은 도무지 군더더기가 없고 그

라인이 감탄스러울 만큼 정갈한 특징을 보여준다. 다보탑과 석가탑이 없는 불국사를 생각할 수 없을 만큼 이 두 탑은 빼어나게 아름답지만 나는 좀 더 석가탑을 편애하는 듯하다. 그래서 사랑은 하나라고 했을까. 이 두 개의 탑을 보고 있자니 영원한 것도 영원하지 않은 것도 없단 생각이 들었다.

석가탑은 통일 신라의 돌탑으로 다보탑과 함께 국내에서 가장 대표적인 돌탑이다. 정식 이름은 '불국사 3층 석탑'으로 국보 제21호로 지정, 탑을 보수하는 과정에서 무구 정광 대다라니경(부처님의 말씀을 정리해 놓은 불교 정전)이 발견되었다. 무구 정광 대다라니경은 사람이 나무로 만든 인쇄물 중 현존하는 가장 오래된 것이다.

마곡사와 공주 공산성

신성한 아침 숲을 즐기기 위해 마곡사 주차장에 차를 세우고 은적암으로 향한다. 자동차를 이용하면 쉬이 닿을 수 있겠으나 이 오르막에 포진하고 있는 명품 소나무 숲을 놓칠 수 없어 걷기로 했다. 이른 시간이어서 그 길을 걷는 이가 나 혼자라 신선한 행복감이 밀려왔다. 햇살이 바닥까지 내려앉아 역광이 눈부시다. 공기는 어쩜 이리도 신선한가. 아름드리 소나무가 주는 향기와 절대미는 내 존재의 작고 가벼움을 느끼기에 모자람이 없다.

큰 사찰에 속해있는 암자들이 그러하듯 은적암은 명당에 터를 잡았다. 앞은 저 멀리 금강이 흐르는 골짜기를 따라 시야가 트이고 뒤는 숲으로 둘러싸여 포근하기 이를 데 없다. 이 정도의 환경이라면 가만히 앉아있기만 해도 마음이 평온해지는 건 시간문제일 듯, 햇살이 가득한 은적암 잔디마당을 부러워하다 올라간 길을 중간쯤 내려와 백련암으로 향한다. 이곳 역시 오래된 소나무 숲이 할 말을 잊게 만든다. 백련암에 도착, 발아래 숲을 굽어보는 맛은 일품이다. 이 암자의 해우소 위치는 암자 못지않게 소나무가 호위하고 있는 최적의 자리를 자랑한다. 모르긴 해도 전국 어디에 내놓아도 손색이 없을 만큼 아름다운 곳에 해우소가 있으니 쌓인 근심이 있다면 풀고 가면 좋겠다.

그곳까지 가 산속 암자만 보고 마곡사를 외면하는 건 바보나 하는 짓일 테니 시계를 보며 서두른다. 마곡사 못지않게 들러야 할 곳이 있다면 공주 공산성이다. 나는 잰걸음으로 성을 한 바퀴를 돌았다. 해가 기울자 가파른 산성 위를 달리는 바람이 어서 내려가라고 등을 떠민다. 그럴수록 아쉬움은 더하여 자꾸만 뒤돌아보게 되는 공산성, 조용히 성문을 나서는데 조금만, 조금만 더 머물다 가라는 듯 공산성이 유혹을 한다. 성곽에 불이 켜진 후에야 알았다. 예까지 왔으니 이 아름다운 공산성의 야경은 보고 가야지 않겠냐고. 그러기를 잘했다며 몇 번인가 거듭 카메라 셔터를 누른 후에야 시동을 걸었다. 밤의 금강은 바위의 묵언 같고 기도 같았달까.

마곡사, 은적암, 백련암을 둘러보고 백제시대에 축성한 공산성 위에 앉아 저무는 금강 바라봅니다. 흘러가는 것은 흘러가는 대로 아름답지요. 내겐 시간과 강물이 그렇답니다. 지금 내 앞에 놓인 금강은 수면에 구름이 드리우고 오리 몇 마리 한가롭게 노닐 뿐 정물처럼 고요하기만 합니다. 강은 지금 무슨 말을 하고픈 걸까요.

저 강가에 나란히 서 있는 나무 그림자, 강물 속으로 일제히 몸을 담그는 시간입니다. 그림자가 누워 있다는 건 그가 서 있다는 말이겠지요. 그들의 속내까지야 모르지만 곧 저녁이 온다는 신호가 아닐까요. 팔을 길게 뻗으면 물속 나목의 뿌리를 만질 수도 있겠다 싶네요. 모든 사물은 머무는 자리에 따라 그림을 달리한다는 것을 강물에 드리운 그림자가 아니어도 우린 알지요. 나는 강물 속 크고 작은 물고기들의 안부가 궁금해 아득한 절벽 위 임류각 난간에 기대어 천천히 강물을 필사하고 싶어졌습니다. 지상에 무용한 것은 없다 했지요.

이 강물이 대양에 닿을 때까지 물풀들은 강바닥의 크고 작은 돌멩이들을 부여안고서라도 쓸려가지 말자며 서로 독려할 테구요. 언제쯤 우리는 돌을 던져보지 않고 살아온 시간으로 강물의 깊이를 가늠할 수 있을까요.

나만 아는 내소사 만다라

어느 사찰이든 사찰의 중심이 되는 대웅전(대웅보전)의 경우 내부는 물론 외부도 그 명성에 걸맞은 단청을 하고 있지만, 내소사가 좋았던 건 처음부터 건물에 아예 단청을 입히지 않거나 단청을 했더라도 은은하고 자연스러워서 볼 때마다 마음이 차분해지고 착해진다는 것이다. 오래전 처음 내소사를 방문했을 때 부처님은 뒷전이고 나는 사찰을 둘러싸고 있는 시간의 결을 그대로 간직한, 마치 수묵화 같은 건축물(요사채를 비롯한 해우소까지도)들에 살짝 혼을 빼앗겼던 것 같다.

능가산 자락에 위치한 내소사는 사천왕문을 지나 대웅보전으로 들기 위해선 봉래루를 통과하는 것이 정석이다. 그런데 오래전 그 봉래루 건물을 받들고 있는 서

까래에서 우연히 내 눈에 들어온 나무 기둥에 박힌 작은 문양, 까맣게 잊고 있던 그것을 기억하게 되었는데, 그것은 완벽한 꽃 모양과 부처님의 눈을 연상하게 했던 것으로 알고 있다.

얼마 전 내소사에 도착하는 순간 무언가에 홀린 듯 그것을 찾아야 한다는 마음에 걸음을 재촉하게 되었는데, 지금껏 아무도 그에 대해 말하지 않을 만큼 어쩌면 사소하기 그지없는 자연문양 만다라.(우주 법계의 온갖 덕을 망라한 진수를 그림으로 나타낸 불화) 나는 까맣게 잊고 있던 그것을 어서 확인해 보고 싶어 차에 시동을 끄는 순간 달뜨기 시작했다.

시간이 흘러서 그런지, 아니면 단순한 내 기억의 오류인지. 봉래루를 천천히 돌면서 내 머리 높이만큼에 있었던 만다라를 찾는 데는 그만큼의 시간이 필요했다. 그리고 아무도 모르고 나만 안다고 생각했던 만다라를 다시 찾았을 때 느낀 안도감이라니, 고작 한 뼘 정도 크기에 중요한 부분도 아니고 건물 귀퉁이에 무심한 듯 자리를 잡은 꽃 문양과 부처님의 눈. 나무의 결에 시간이 더하여져 마치 부질없는 살은 풍장되고 남은 뼈만 압축한 듯한 저 작은 경전 아니 만다라, 두 개의 나무토막을 연결하기 위해 박았을 굵은 대못. 나는 그 못 때문에 마음이 좀 불편했지만 금세 그것을 찾아냈다는 안도감에 빠져들었고 한참 후 마음을 가라앉힌 뒤에는 사진으로 저장하는 걸 잊지 않았다. 다시 방문한다면 그때는 만다라가 어디에 있었더라 하는 일은 없을 것이다.

언제 보아도 내소사는 위엄과 기품을 갖춘 대웅보전 기둥과 아름다운 문살무늬, 기와지붕이 담고 있는 수려한 라인으로 우리 사찰의 건축미를 유감없이 보여주었다. 그리고 봉래루를 통과하면 정면에 사찰의 중심이 되는 대웅보전이 있고, 왼편으로는 무설당, 오른편으론 설선당이 마주 보는 배치는 언제 봐도 거슬림이 없이 자연스럽다.

현대인의 일상이 모던과 최첨단 문명에 길들어 있다면 오래된 사찰은 부처님의 말씀을 상기시켜 일상에서 잊기 쉬운 시간의 가르침을 되살려주는 동시에 속도에 편승하지 않고 순하게 흘러가도록 원초적 시간을 회복시켜 준달까. 하여, 많은 사람들이 종교관과 상관없이 사찰을 찾는 이유는 대개의 사찰이 깊은 산자락 울창한 산림 속에 있어 환경 그 자체가 도량이기도 하거니와 숲을 이루는 나무의 수령이 곧 사찰의 역사가 된다는 것도 눈여겨볼 만하다. 하여 입을 닫되 귀는 열고 자신의 두 발로 걸어 산사를 향해 들고 나는 과정이야말로 시공을 초월한 힐링이고 대자연 속에서 자신을 돌아볼 수 있는 여행다운 여행이 아닐까 싶다. 짧은 출가지만 인공적인 빛과 소음과 속도에서 벗어날 수 있는 고즈넉한 사찰기행이 필요한 이유다.

금산사 미륵전

백양사, 내장사를 거쳐 금산사를 향하는 오후 내내 비가 내려 길을 더디게 했다. 그래도 이번 여행에 마지막 코스이니 우산을 쓰고라도 돌아볼 작정으로 매표를 하고 들어가니 입구에 '견훤성문'이라는 현판이 기다린다. 다행히 비는 가늘어지고 사찰은 한산했다. 그날만 그런지 절 마당까지 차가 들어가도록 허락해 주었다. 당연히 걸으면서 즐겨야 하지만 비 때문에 지체되는 바람에 문 닫을 시간을 걱정했는데 얼마나 고마운 일인지.

정형화된 산지 가람의 틀을 깨고 비교적 완만한 곳에 자리를 잡은 금산사의 첫 인상은 웅장하지만 차분하다. 그것은 미륵보살을 모시는 미륵도량이 한몫했을 것이다. 사찰 마당으로 들어서면 차분하게 물러나 앉은 정면에 단정한 대적광전 건물을 마주하게 되는 자리가 금산사의 중심공간이다. 대적광전은 정면 7칸 건물로 부처님을 모시고 있으며 최근에 신축한 건물이어서 오른편 미륵전의 고풍스러운 분위기와는 사뭇 대조적이다. 나는 되도록 멀리서 대적광전과 미륵전을 감상하고 싶어 세 그루 배롱나무가 한가로이 절마당에서 붉은 꽃을 피우고 선 고목 뒤로 나앉아 고즈넉한 사찰의 분위기에 흠뻑 젖어 들었다.

　기대가 컸던 미륵전은 마지막에 보기로 하고 시계방향으로 사찰을 돌아본다. 대적광전을 마주하고 사찰의 가람배치도를 살피니 한 평 땅이라도 요사체를 지어 신도를 끌어오기 바쁜 여느 사찰과 비교했을 때 이리 큰 여백을 고집해 온 금산사가 새삼 대단해 보였다. 나는 금산사 마당의 넓고 아름다운 여백에 반했다는 말을 여기서 굳이 아끼고 싶지 않다. 한참 동안 대적광전과 너른 마당을 서성거리다 뒤편 작은 법당을 둘러보는데 법당의 아름다운 문살과 흰배롱꽃과 산수국이 어찌나 내 마음을 홀리는지, 하지만 서둘러야 한다는 걸 왜 모르랴. 문 닫을 시간이 가깝다는 걸 확인하고 방등

계단을 올라서자 피안과 차안의 경계는 확연해진다.

이곳에는 석가모니의 진신사리를 모신 보물 제26호 종형사리탑과 오층석탑이 있다. 방등계단은 부처님 계율을 내리는 곳이라 하여 붙여진 이름이란다. 몇 개의 석상이 있고 적멸보궁은 뒤편으로 살짝 몸을 감춘 형국이다. 방등계단 위는 그리 넓지는 않으나 모든 것이 가장 이상적이고 꼭 필요한 부분만 살린 공간으로 손색이 없다. 사찰 중심에 저리 큰 공간(여백)을 남겨두기 위해 건물을 얼마나 절제하려 했는지 보여주는 대목이기도 하다.

방등계단 반대편으로 내려와 미륵전으로 향한다. 금산사 가람배치를 보면 중심건물은 대적광전이지만 큰 의미로 미륵전은 금산사의 상징이며 본당이라 할 수 있다. 미륵전은 국보 제62호로 거대한 3층 목조건물이다. 이곳은 금산사 대가람의 연륜과 풍모를 유감없이 보여줘 위엄이 느껴지며 두 팔로도 모자라는 거목을 기둥으로 세워 건물을 받들고 있는 것이 이채롭다. 내부는 층을 나누지 않는 통층으로 높이 12m의 거대 미륵불과 보살상이 모셔져 있다. 미륵전 1층은 대자보전, 2층은 용화지회, 3층은 미륵전이라는 현판이 붙어 있는데 이들 모두 미륵불을 의미한다.

거대한 부처님 입상은 촬영금지였고 미륵전은 문을 닫을 시간이란다. 어쩌다 내가 마지막 방문자가 된 것이다. 설명할 수 없는 아쉬움이 파도처럼 밀려온다. 혼자 깨닫고 즐거워한다는 독락, 나는 그렇게 나를 위로하는 말을 찾았던 것 같다. 이 고요하고 깊고 단순한 여백에 한가로이 머물지 못하는 서운함이라니, 바닥을 붉게 물들이는 배롱꽃나무 아래 한참을 서있었더니 오금이 저리고 두 발이 땅에 붙어버릴 것만 같다. 그래, 또 오리라. 다시 오리라는 인사를 뒤로한 채 돌아선다.

백제의 미소, 서산 마애삼존불

　겨울이 시작되면서 바깥활동을 최소화하고 집을 지켰더니 발바닥에 가시가 돋고 몸이 답답하다는 신호를 보내왔다. 산이면 어떻고 바다면 어떠랴. 그래, 가자. 서산 마애삼존불, 누구는 봄에 가면 좋다 하고 누구는 만추가 최고라지만 바위부처를 만나러 가는데 계절 따위가 무슨 대수랴. 비가 오면 비가 와서 좋고 단풍이 들면 단풍 드는 대로 좋을 것이니 같은 대상을 보더라도 조금은 다른 시선으로 보겠다는데 누가 말리랴, 하여 불쑥 떠났다. 서산으로,

　가야산 계곡 바위 절벽 하단에 불심 깊은 어느 장인이 바위를 깎고 다듬어 그 속에 숨어있는 부처를 찾아 세상에 알린 것은 백제시대다. 그런 연유로 '백제의 미

소' 로 불리기도 하는 서산 마애삼존불은 환하게 웃고 있는 여래입상, 어린 아이처럼 천진난만한 미소를 띠고 있는 반가사유상, 두 손으로 보주를 감싸고 서 있는 보살상이 나란히 있다 하여 삼존불이라 칭한다. 이 여래삼존불은 천연 바위절벽의 동쪽 밑에 조각할 부분을 다듬고 그 위에 여래상은 고부조로, 좌우협시보살은 저부조로 조각하였는데 삼존 전체는 중앙 여래상 두광의 끝을 중심으로 큰 삼각형 구도를 이루고 있다.

안내표지판 하단을 보면 "이들 불상의 미소는 빛이 비추는 방향에 따라 다르게 보인다. 아침엔 밝고 평화로운 미소를, 저녁에는 자비로운 미소를 볼 수 있다. 동동남 30도, 동짓날 해 뜨는 방향으로 서있어 빛을 풍부하게 받고, 마애불이 새겨진 돌은 80도로 기울어져 정면으로 비바람이 들이치지 않아 미학적 우수성은 물론 과학적인 치밀함에도 감탄을 자아낸다."고 적고 있다.

마애삼존불입상(백제 7세기 전반, 국보 84호, 높이 280㎝). 그 시대 불상들이 대부분 눈을 지그시 감고 미소를 머금고 있다면 이곳 중앙 여래입상은 눈을 뜨고 호쾌하게 웃는 모습이 인상적이다. 끝이 납작한 코는 양쪽으로 벌어져 폭이 좁아 높은 코를 보여주는 당시의 불상과는 대조적이다. 넓은 어깨를 타고 통견 대의가 U자형의 큰 호를 넓은 간격으로 그리며 내려오고, 한쪽 끝자락은 왼쪽 팔목에 걸쳤으나 너무 짧아 공중에 떠 있는 듯하다.

왼쪽의 반가사유상은 오른쪽 다리를 왼쪽 무릎 위에 올려놓고, 오른팔을 반가한 무릎에 괴고 손을 오른쪽 뺨에 살짝 댄 전형적인 반가사유 자세다. 얼굴의 밝은 미소는 보는 이도 따라 웃을 만큼 매력이 넘친다. 목에 세로로 두 줄의 근육을 도드라지게 표현한 것은 얼굴의 미소를 강조하기 위한 것으로 보인다. 머리 장식은 화려한 꽃으로 삼면보관을 씌웠다. 반가사유의 자세를 취할 경우 신체 구조상 머리는 팔을 괸 오른쪽으로 숙여야만 한다. 그래서 대부분의 삼국시대 반가사유상은 오른쪽으로 살짝 고개를 숙이는 형태를 취하나 이 상은 얼굴을 들어 그 반대쪽을 향하고 있어 신체 구조가 맞지 않는다. 그럼에도 전체적으로 봤을 때 어색하기보다 오히려 신선한 생동감을 준다는 것은 아이러니다.

주차장에서 삼존불이 있는 곳까지는 직선으로 불과

백여 미터 남짓했으나 빙판으로 길이 미끄러워 가파른 돌계단을 따라 마애삼존불까지 올라가려면 노약자는 특히 동절기엔 보호자 동행 없이는 힘들 듯하다. 불이문을 지나 마애삼존불이 자리를 잡은 곳은 험한 바위 절벽 하단인데 불상을 정면에서 마주 보면 금방이라도 덮칠 것 같은 바위 틈새에 소나무가 독야청청하는 것으로 보아 바위에 새긴 조각은 나무뿌리가 뻗어나가면서 자연스럽게 생긴 틈일 수도 있겠다. 안내소 뒤쪽 가파른 돌길을 따라 조금 올라서면 산신각으로 이어진다. 산신각에서 내려다보는 마애삼존불은 천상에서 아득한 발아래 현세를 보는 듯 아찔하다. 햇살 좋은 날 산신각 앞에 앉아 저 멀리 해 지는 서쪽을 바라보노라면 그곳이 곧 피안이겠다.

나 있는 곳이 땅(바다)이라면 그분은 저 위에 계시고, 나 있는 곳 산 위면 그분은 아득한 발아래 계시나니, 다름이 있다면 마음 두는 곳, 그가 낮으니 내가 높으니 왈가왈부하는 것. 위아래를 가려 급을 정하는 것은 인간뿐, 자리가 어디든 가려 앉지 않는 그분, 그래서 부처일 것이다.

무릉계곡과 삼척 삼화사

무릉, 상상만으로도 이미 염화미소다. 무릉계곡을 걷는 동안 계절은 성큼 여름을 향해 달리고 있으니 복숭아꽃은 지고 없지만 나라고 왜 무릉도원을 떠올리지 않겠는가. 중국의 대표시인 도연명은 유토피아 무릉도원武陵桃源을 노래한 〈도화원기桃花源記〉에서 진晉나라 때 무릉의 한 어부가 봄이 되어 복숭아꽃이 아름답게 핀 숲속 물길을 따라가다가 난리를 피해 그곳으로 온 사람들이 씨를 뿌리고 농사를 지으며 행복하게 사는 모습을 보게 되었고, 그곳에서 융숭한 대접을 받고 돌아온 이야기를 담고 있다. 여름이 아닌 복숭아꽃이 골짜기를 덮는 봄철에 찾아왔다면 이 계곡은 영락없는 무릉도원이었을 것이다. 그러나 지금도 여전히 이곳은 높은 산세와 암벽에서 꿋꿋이 뿌리를 내리고 자라는 소나무들이 무릉도원의 풍경을 그대로 재현해 주고 있다.

내게도 무릉계곡과 삼화사는 인연이 있는 계곡이고 사찰이다. 여고 시절 걸스카우트 단원으로 무릉계곡에 야유회를 갔고 너럭바위에 앉아 친구들과 걸스카우트 단복에 베레모를 쓰고 한껏 멋을 부리며 찍은 사진은 아직도 서랍 어딘가에서 그날의 추억을 간직하고 있다. 요즘 어느 사찰이나 주차장으로 들 때 한 번, 주차장을 지나 계곡과 사찰로 입장할 때 또 한 번, 두 번의 티켓을 끊는 과정을 거쳐야 입장이 가능한 시스템은 개인적으로 여전히 마음에 들지 않는다. 그러나 어쩌겠는가, 보고 싶은 사람이 제 발로 걸어왔으니 그런 불편쯤이야 알아서 감수할 수밖에.

일주문을 통과한 시간이 11시, 기대를 저버리지 않고 스님들의 염불 소리가 산사를 가득 채우고 있었다. 사찰에서 CD로 염불 소리를 들려주나 보다 했더니 아니었다. 본당 적광전, 약사전, 극락전, 세 곳에서 스님들이 목탁을 두드리며 저마다 다른 내용의 독경을 하는 것이 아닌가. 사찰을 자주 찾지만 이런 경우도 흔치 않은 풍경이라 나는 더위도 잊은 채 이곳저곳을 돌며 스님들의 독경에 귀를 씻는 호사를 누렸다. 독경 소리 하나만으로도 서로 다른 스님의 인품이 느껴지고 뿌리 깊은 불심을 보는 것 같아 설명할 수 없는 뿌듯함을 느꼈달까. 그렇지, 세월이 아무리 변해도 사찰은 목탁 소리가 지키는 게 맞다. 부처님을 그리며 멀리서 찾아오는 불자들에게 염불 소리만큼 안식과 위안을 주는 건 없을 테니까.

세 분 스님의 각기 다른 염불 소리는 말할 것도 없지만 아름다운 적광전의 단청과 고풍스런 건물과 그 안에 모셔진 부처님과 불화들, 그리고 마모는 심했으나 그만큼 세월의 깊이와 연륜을 유감없이 보여준 삼층석탑을 마주한 소감을 아름다웠다는 말로 대신하기엔 뭔가 부족하고 아쉬운 느낌을 지울 수 없다.

한낮 뙤약볕을 은총처럼 받으며 삼화사를 나와 누군가 자신의 지문을 탁본하듯 한시를 새겨놓은 무릉반석을 둘러본다. 그 뜻과 깊이를 제대로 헤아릴 순 없어도 한때 이곳을 찾아들었던 많은 이들이 금란정 정자에 앉아 풍류를 즐겼을 옛 모습을 상상하며 잠시 시원한 계곡물에 발을 담갔다가 돌아갈 준비를 한다. 갈래머리 여고 시절, 그 푸른 청춘은 물처럼 흘러가고 없지만 세월이 지나 홀로 이 무릉도원을 찾아온 나는 그때 그 꿈에 얼마나 다가갔으며 진정 내가 귀히 여기고자 했던 것들은 지금 어디에서 무얼 하고 있을까.

해인사와 팔만대장경

가야산 자락으로 들어선다. 계곡의 물소리는 짐승의 포효처럼 힘차다. 다행히 바람은 알맞게 살랑거리고 햇살은 대지를 뜨겁게 달군다. 얼마 만에 걸어보는 길인지. 거두절미 천년의 시간을 견뎌낸 세계에서 가장 오래된 대장경판, 팔만대장경(불교경전을 종합적으로 모아 기록한 기록물)이 예전 그대로인지 궁금했다.

일주문을 통과해 봉황문·해탈문·구광루·정중탑·대적광전 지나 가파른 계단 올라서면 네모 모양의 장경판전이 기다린다. 그 뒤로 수미정상탑이니 영락없이 부처님께서 대장경판을 머리에 이고 있는 셈, 여기서 북쪽 건물은 법보전, 남쪽 건물은 수다라전이다. 해인사 지형은 떠가는 배의 형국이라 돛대바위의 역할을 중요하게 여겨 근자에 다시 세운 탑이 8각 7층 석탑이다.

해인사에선 무엇을 봐도 대장경을 보는 것이라 했던가. 가장 뒤쪽에 자리한 장경판전 앞에 서자 가슴이 뛴다. 아침나절이라 햇살이 서고 안쪽으로 깊이 가 닿고 나무 칸막이 사이로 천년의 시간을 지켜온 경판들, 보일락 말락 하는 오랜 침묵의 결이 전하는 메시지는 장엄했다. 조상들은 후세를 위해 목판본을 만들고 이걸 지키기 위해 얼마나 고심하셨을까.

경판이 보관된 법보전에는 스님이 나지막이 목탁을 두드리며 불경을 읊고 계신다. 사람들은 흐르는 물처럼 잠시 왔다 서둘러 가기 바쁘지만 나는 쉬이 자리를 뜰 수가 없다. 천년의 시간과 불가사의에 가깝다는 말씀들을 고작 한나절 둘러보는 것으로 위로를 삼는다는 건 얼마나 터무니없는 욕심인가. 허나 방법이 없는 건 아니다. 저 귀하고 귀한 경판들, 손으로 쓰다듬을 수 없으면 한 글자 한 글자 마음으로 품을 수밖에, 차곡차곡 심연 깊이 눌러 둘 수밖에. 주변 숲은 우람하고 계곡의 노거수들은 푸르다 못해 검다. 이 좋은 자리에 대장경을 모시고 유구한 세월을 견디는 저 부처님 살 같은 말씀들, 불자가 아니어도 우리가 새기며 살아야 할 말씀들은 차고 넘쳤다. 자연과 말씀 앞에 겸손해야 하는 이유가 어디 이뿐일까.

처음엔 강화 서문 밖 대장경판고에 보관했으나 다시 강화 선원사禪源寺로 옮겼다가 1398년(태조 7)에 현재 위치로 옮긴 팔만대장경은 유네스코 지정 세계기록유산으로 등재된 세계에서 가장 오래된 경판이다. 팔만대장경은 1962년 국보 제32호로 지정되었고 현재 남아있는 경판은 8만 1258판이다. 경판의 크기는 세로 24cm 내외, 가로 69.6cm 내외, 두께 2.6~3.9cm로 양끝에 나무를 끼어 판목의 균제를 지니게 하였고, 네 모서리에는 구리판을 붙이고, 전면에는 얇게 칠을 하였다. 판목으로 산벚나무, 돌배나무, 자작나무, 소나무, 후박나무 등의 목재를 썼고, 무게는 3~4kg 가량으로 현재까지 보존 상태는 양호하며, 천지의 계선만 있고, 각 행의 계선은 없는, 한쪽 길이 1.8cm의 글자가 23행, 각 행에 14자씩 새겨져 있는데, 그 글씨가 힘 있고 정교하여 고려시대 판각의 우수함을 보여주고 있다.

수덕사 목어와 풍경 소리

눈여겨본 불자도 있을 것이다. 단청을 입히지 않는 소박한 건물 대웅전, 색이 없는 꽃문살도 아름다우나 대웅전을 받들고 있는 우람한 나무기둥을 눈과 손으로 쓰다듬어 본 사람, 그 기둥에 날마다 부처님 말씀을 새겨듣고 무구한 세월이 조각한 물고기 문양 말이다. 그것은 기둥 하나가 한 마리 거대한 물고기로 변신해 등비늘과 지느러미를 움직이며 수평으로 이동하지 않고 하늘을 향해 수직으로 날아오를 듯 살아 꿈틀거리는 잉어를 연상시킨다.

사찰에선 불화나 물고기 조형물에 속을 파낸 후 두드려 소리를 내는 목어木魚, 풍경에 소리를 나게 하는 탁설鐸舌 등에서 물고기 문양이 자주 등장하는데 물고기는 잠을 잘 때도 눈을 감지 않는다 하여 사찰에선 깨어 있어야 할 수행자의 덕목이나 자세를 비유할 때 쓴다. 수덕사에서 내가 만난 물고기는 동그랗게 뜨고 있는 눈(용이의 흔적)과 몸통에서 꼬리 쪽으로 내려올수록 날렵하여 더욱 물고기스럽달까. 이 어지러운 세상을 살면서 진리에 목말라 도량을 찾는 중생을 위해 물고기는 밤낮 눈을 부릅뜬 채 부처님의 말씀을 비늘로 새겨 전하는 수행자 같다는 생각을 수덕사 방문 때마다 했던 것 같다.

풍경은 '소리'와 '형상'이 결합된 사찰건물의 대표적인 장식물이다. 우리가 익히 아는 풍경은 소리가 있으므로 고요를 의식하듯 사찰에 없어서는 안 되는 장식물로 알고 있다. 풍경이 종 안의 벽을 쳐 소리를 내는 것을 '탁설'이라 하는데 근래 방문한 사찰에선 물고기 모양의 탁설이 주를 이룬 반면 합천 해인사 대적광전 앞마당의 석등과 뒤편 석탑에 달아 놓은 범종 모양의 풍경은 탁설이 연꽃 모양을 하고 있었다. 추측하건대 건축 시기에 따라 풍경의 형태도 변화한 게 아닌가 싶다.

풍경이 요란하면 염불에 방해가 될 것이고 풍경을 거

두면 물속처럼 적막할 테니, 할 수만 있다면 그 소리는 도드라지지 않되 청아했으면 좋겠다. 하지만 그 소리야말로 풍경의 재질과 형태, 탁설과 바람 등등 많은 자연적 요소들의 합일 테니 매일 같은 장소 같은 풍경이라도 소리는 다를 수밖에. 유독 수선스럽거나 아니면 차분하고 은은하게 들릴 때가 있다면 그것은 풍경의 문제가 아니라 듣는 이의 마음이 아닐까. 가끔은 불심 없는 나도 풍경 소리가 그리워 사찰을 찾을 때가 있으니 사찰에서 풍경의 역할은 그리 작은 게 아닌 것만은 분명하다.

산문의 거울 ❾

그린 노마드

초판인쇄 ┃ 2022년 11월 1일
초판발행 ┃ 2022년 11월 5일

지은이 ┃ 김인자
펴낸이 ┃ 신중현
펴낸곳 ┃ 도서출판학이사

출판등록 : 제25100-2005-28호
주소 : 대구광역시 달서구 문화회관11안길 22-1(장동)
전화 : (053) 554~3431, 3432
팩스 : (053) 554~3433
홈페이지 : http:// www.학이사.kr
전자우편 : hes3431@naver.com

ISBN _ 979-11-5854- 388-4 03810